메두사

신화에 가려진 여자

메두사
신화에 가려진 여자

제시 버튼

올리비아 로메네크 길 그림 | 이진 옮김

✳
비채

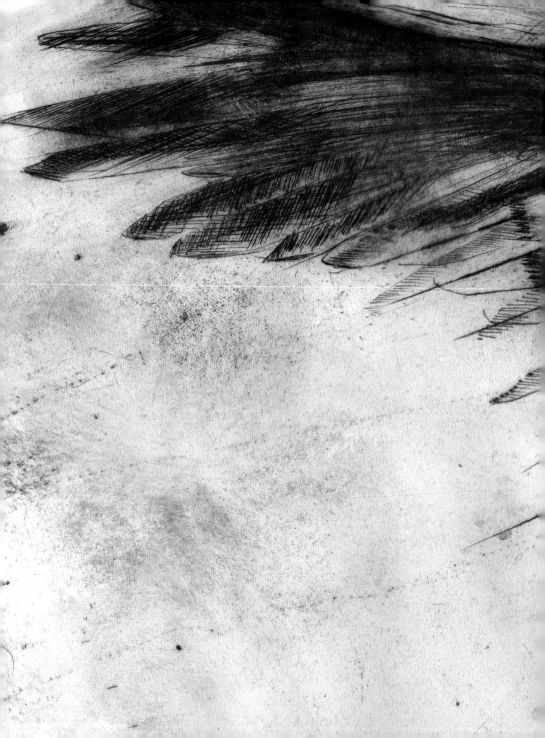

1

내가 눈빛만으로 남자를 죽였다고 말하면, 당신은 나머지 이야기를 듣겠는가? 왜, 어떻게 그런 일이 일어났는지, 그 뒤로는 어떻게 되었는지 듣겠는가? 아니면 나에게서 도망치겠는가? 이 흐릿한 고대의 거울로부터, 이 기이한 육체로부터 도망치겠는가? 나는 당신을 안다. 당신은 도망치지 않을 것이다. 이야기를 이렇게 시작해 보면 어떨까. 괴이한 머리카락을 바람에 흩날리며 절벽 끝에 서 있는 한 여자. 그리고 절벽 바로 아래, 배를 타고 있는 한 남자. 둘은 서로에게 자신의 이야기를 들려줄 것이다. 시간보다도 오래된 이야기를. 둘은 서로에게 자신의 모습을 드러낼 것이다. 돌이킬 수 없을 때까지.

나의 바위섬 이야기부터 해볼까.

언니들과 나는 사 년 째 그 섬에 살고 있었다. 섬은 우리가 선택한 영원한 유배지였다. 섬은 거의 모든 면에서 나의 요구에 완벽하게 들어맞았다. 외지고, 아름다웠으며, 사람이 살기 힘들었다. 영원이란 긴 시간이고 미쳐버릴 것 같은 날도 있었다. 사실 나는 이미 미쳐 있었다.

그렇다, 우리는 탈출에 성공했고, 살아남았다. 그러나 우리에게 남은 건 동굴과 어둠에 숨어 사는 반쪽짜리 삶이었다. 나의 개 아르젠터스, 나의 언니들, 그리고 나. 때로 바람결에 속삭임으로 들려오는 내 이름.

메두사, 메두사, 메두사. 반복해서 나의 이름이 불리고 판결이 내려지면서, 나의 삶, 나의 진실, 평온하던 나날, 영글었던 생각이 전부 무너졌다. 그래서 무엇이 남았냐고? 이 삐죽삐죽한 바위섬과 제대로 죗값을 치르게 된 거만한 여자, 그리고 뱀들의 이야기가 남았다. 잔혹하게도, 변화는 내게 예외 없이 괴물 같았다. 또 한 가지 진실은 내가 외롭고 화가 났다는 것. 그리고 분노와 외로움은 결국 똑같은 뒷맛을 남긴다.

섬에 갇혀 지낸 사 년은 인생에서 어그러진 모든 일을 곱씹으며 지내기엔 긴 시간이었다. 사람들이 내게 저지른, 내 힘으로 어쩔 수 없던 일들. 사 년을 혼자 지내다 보면 우정을 향한 열망이 짙어지고 사랑의 꿈이 부풀어 오른다. 그래서 바위에 몸을 숨긴 채 절벽에 서 있게 된다. 바람이 돛을 때리고 낯선 이의 개가 짖는다. 이윽고 웬 남자가 모습을 드러낸 순간, 어쩌면 머지않아 나의 꿈이 실현될 것만 같은 느낌이 든다. 이번만큼은 삶이 그리 잔혹하지 않기를. 이번만큼은 순탄하고 행복하기를.

가장 먼저 눈에 들어온 것은 그의 등이었다. 나는 절벽에서 그의 배를 내려다보았고, 갑판에 서 있던 그는 나를 보지 못했다.

멋진 등이었다. 나의 바다에 닻을 던지는 그 모습. 굽은 등을 펴자 두상 윤곽이 보였다. 완벽한 두상이었다! 그가 돌아섰고, 얼굴이 비로소 섬을 향했다. 그는 이쪽을 보면서도 여전히 나를 보지 못했다.

아름다움에 관해서라면 나도 알 만큼 안다. 사실 너무 잘 안다. 그런데도 그 남자처럼 아름다운 것은 난생처음 보았다.

그는 내 또래 같았다. 약간 말랐지만 키가 크고 비율이 좋았다. 배를 타고 먼바다로 나오긴 했어도 정작 물고기 하나 잡을 줄 모를 것 같은 외모였다. 햇살은 그의 머리를 사랑했고, 수면에 드리운 빛이 그에게 씌울 다이아몬드 왕관을 만들었다. 그의 가슴은 온 세상

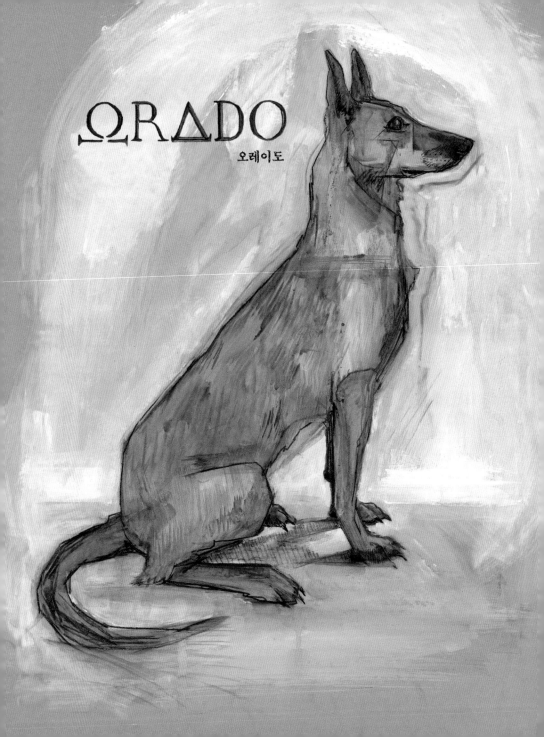

ΩRΛDO

오레이도

이 장단을 맞추는 북이었고, 그의 입은 사람들이 춤을 추는 음악이었다.

그를 바라보기 괴로웠지만 고개를 돌릴 수 없었다. 달콤한 케이크를 먹듯 그를 먹고 싶었다. 욕망일 수도 있고, 두려움일 수도 있었다. 어쩌면 둘 다일 수도. 그가 나를 보길 원했고, 그러면서도 나를 볼까 두려웠다. 마치 마음에 멍이 들었는데 멍든 자리가 짓눌리길 바라는 것 같았다.

그는 암벽이 얼마나 높은지, 기어 올라갈 수 있을지 가늠하는 듯했다. 애초에 나를 불러낸 소리의 주인공으로 보이는 개가 번갯불처럼 갑판을 질주했다.

"오레이도!" 그가 번갯불에게 소리쳤다. "제우스 신이시여! 제발 진정해!"

긴장한 것 같았지만 목소리가 또렷했다. 억양이 특이한 걸 봐서는 제법 먼 지역에서 온 듯했다. 오레이도가 앉아서 꼬리를 흔들었다. 그 생명체를 바라보는 동안 나의 멍든 마음이 벅차올랐다. 드디어 아르젠터스에게 친구가 생긴 걸까? 나의 개가 그동안 혼자 얼마나 외로웠는지 생각하며 속으로 물었다.

그러나 나의 진짜 마음은 따로 있었다. 드디어 내게도 친구가 생긴 걸까?

CHAPTER

2

젊은 남자는 배에서 내리더니 근처 바위에 걸터앉았다. 그러고는 물에 발을 담근 채 오레이도의 머리를 쓰다듬었다. 구부정한 자세를 보니 이 섬이 영 내키지 않는 것 같았고, 완전히 길을 잃은 것 같았다. 언제든 갑판으로 뛰어올라 돛을 올리고 떠나버릴 것 같았다.

어서 떠나라고, 내가 재촉했다. 나의 은신처에서 조용히 떠나라고. 우리 두 사람 모두에게 그 편이 나을 거라고. 나의 절벽이 이렇게 높은 데는 다 이유가 있다고.

그런 생각이 반갑지 않은 꽃처럼 머릿속에서 피어날 때, 또 다른 생각이 떠올랐다. 어서 올라와, 어서. 올라와서 나를 봐!

그러나 그는 결코 나를 볼 수 없었다. 메두사, 그 순간을 상상해

봐. 그건 절대 있을 수 없는 일이야. 그가 무얼 보겠어? 여자? 아니면 괴물? 아니면 둘 다? 초조함을 감지했는지 나의 머리가 꿈틀거리기 시작했다. 머리로 손을 뻗자 낮은 쉭 소리가 들렸다.

사 년 전만 해도 나는 아름다운 머리카락을 갖고 있었다. 아니, 그보다는 이렇게 말해야 할 것 같다. 사 년 전만 해도 모든 게 지금과 달랐고, 아름다운 머리카락은 그중 가장 사소한 것이었다고. 허영심 있다고 나를 비난하면서도 내게 추파를 던질 권리가 있는 양굴던 사람들을 생각해보면, 이렇게 말할 수 있을 것 같다. 나의 머리카락은 사랑스러웠다고. 나는 머리카락을 묶지 않고 언제나 길게 늘어뜨렸다. 오징어를 잡을 때 머리카락이 시야를 가리는 게 싫어서 언니들과 낚시할 때만 머리를 묶었다. 짙은 갈색빛 머리카락이 물결처럼 등에 길게 늘어졌고, 언니들은 백리향 오일을 발라주었다.

머리카락을 특별히 소중히 여기진 않았다. 그저 머리카락일 뿐이었으니까. 그러나 가끔은 그리워진다.

지금 나의 머리는 뱀들의 요람이다. 목뒤부터 정수리를 지나 이마에 이르기까지. 그렇다, 뱀. 인간의 머리카락은 단 한 가닥도 없고, 노랑 뱀과 빨강 뱀, 초록 뱀과 파랑 뱀과 검정 뱀, 점박이 뱀, 줄무늬 뱀이 있다. 산호색 뱀도 한 마리 있다. 은색 뱀도 한 마리. 찬란한 황금색 뱀도 서너 마리 있다. 나는 머리에서 뱀들이 쉭쉭거리는 여자다. 대화를 시작하기엔 더없이 좋은 소재다. 물론 대화를 나눌 사람이 있을 때 얘기지만.

이 세상 누구도 이런 머리를 갖고 있지 않다. 적어도 내가 알기로는. 내가 틀렸을 수도 있다. 어쩌면 머리카락 대신 뱀을 가진 여자가 전세계에 널렸을지도. 나의 언니 에우리알레는 이게 신의 선물이란다. 그 말도 일리는 있다. 나를 이렇게 만든 장본인이 문자 그대로 신인 아테나니까. 그러나 이게 선물이라는 말에는 결코 동의할 수 없었다. 나의 뱀 광주리, 나의 보채는 아기들, 툭하면 흥분하는 뱀의 송곳니로 뒤덮인 나의 머리. 어떻게든 살아보려 애쓰는 젊은 여자가 왜 이런 머리를 원하겠는가?

내가 숨을 내쉬면 뱀들도 숨을 내쉬었다. 나의 근육이 긴장하면 뱀들도 공격 태세로 몸을 뻗었다. 에우리알레는 내가 똑똑해서 뱀들도 똑똑하다고, 나의 색깔과 성격이 다채로워서 뱀들도 다채롭다고 말했다. 내가 고분고분하지 않아서 뱀들도 고분고분하지 않고, 때로는 내가 온순하기에 뱀들도 온순하다고. 그러나 우리가 공생관계라고 할 수는 없었다. 모든 공통점에도 불구하고 뱀들의 행동을 매번 예측할 수는 없었으니까. 사 년을 함께 했건만 나는 아직 완벽한 주인이 아니었다. 여전히 그들이 두려웠다.

나는 눈을 감고, 우리가 고향을 떠날 때 아테나가 한 경고를 떠올리지 않으려 애썼다. 너를 바라볼 정도로 어리석은 자는 화를 입을지어다! 아테나의 설명은 그게 다였다. 우리는 충격과 비탄에 휩싸인 채 곧바로 도망쳤다. 아테나의 경고가 정확히 어떤 의미인지 나는 모르고 있었다.

어차피 사람들이 나를 봐주길 바라지도 않았다. 평생 사람들의 시선에 시달렸는데, 이제 뱀들까지 있으니 그저 숨고만 싶었다. 뱀들 때문에 내 모습이 흉측해졌다. 아마도 그게 아테나의 의도였을 것이다.

내가 에코라고 부르는 작은 뱀이 홱 몸을 움직이는 것이 느껴졌다. 분홍색 몸통에 에메랄드 빛 띠를 두른 에코는 천성이 사랑스러웠다. 에코가 몸을 뻗는 방향을 돌아보니 무언가가 시선을 끌었다. 남자가 타고 온 배의 갑판 위, 염소 가죽 아래 숨겨둔 칼의 끝부분이 번쩍거렸다. 흠집 나고 검게 변색된 핏자국으로 뒤덮인, 여느 남자들의 닳아빠진 칼이 아니었다. 전혀 달랐다. 칼끝이 반짝이는 새 칼이었다.

한 번도 사용한 적 없는 게 분명했다.

에코가 쉭쉭거렸지만 나는 에코의 경고에 귀를 기울이지 않았다. 자그마치 사 년을 친구 하나 없이 지냈다. 더구나 저 남자는 너무도 아름다웠다. 그를 계속 볼 수만 있다면 저 칼의 위험마저도 감수하리라.

아르젠터스와 오레이도가 우리 대신 나섰다. 우리의 개 큐피드들이었다. 아르젠터스는 바람에 실려 온 개 냄새를 맡은 순간, 미처 말릴 겨를도 없이 동굴 밖으로 뛰쳐나갔다. 그리고 바닷가 쪽으로 난 꼬불꼬불한 절벽 길을 긴 다리로 쏜살같이 내달렸다.

한편 오레이도는 곶의 바위에서 뛰어내리더니, 마치 특사를 접견하는 황제처럼 나의 커다란 사냥개 쪽으로 터벅터벅 걸어왔다. 우리의 개들이 서로의 주위를 맴돌 때 나는 숨을 죽였다. 남자가 혼란스러운 표정으로 일어서더니, 아르젠터스가 대체 어디서 나타났는지 알아내려는 듯 가파른 절벽을 올려다보았다. 그는 칼의 일부가 드러나 있는 배의 갑판을 돌아보았다. 다행히 칼을 가지러 가지는 않았다.

"어이, 안녕!" 그가 아르젠터스에게 말하는 소리가 들렸다.

절벽 위에 있는데도, 그의 목소리를 듣고 뱀들이 몸을 움츠리는 바람에 내 머리는 달팽이 소굴이 되었다. 아르젠터스가 으르렁거렸다. 쉿, 나는 뱀들을 진정시켰다. 일단 지켜보자. 젊은 남자가 웅크리

ARGENTUS

아르젠터스

고 앉아 머리를 쓰다듬으려 했지만, 아르젠터스는 뒷걸음을 쳤다.

"넌 누구니!" 내가 소리쳤다. 낯선 손님을 향한 아르젠터스의 경계심 때문에 그가 배로 돌아갈까 봐 두려웠다. 한편으로는 희망이 솟았다. 어떻게든 그를 이 섬에 머물게 해야 했다. 단 하루만이라도, 일주일만이라도, 혹은 한 달만이라도. 어쩌면 그보다 더 오래. 운명의 변화가 다가오고 있었다. 이 기회를 놓칠 수 없었다.

남자가 깜짝 놀라며 고개를 들었지만, 그가 나를 볼 수 없다는 걸 알았다. 나는 그동안 숨는 데 명수가 되었다.

"내 이름은 페르세우스!" 그가 대답했다.

페르세우스. 마치 구름도 그의 이름을 안다는 듯이 거침없었다. 그는 숨지 않았다.

오, 페르세우스. 지금도 그 이름을 떠올리는 순간 마치 뱀처럼 전율이 등골을 타고 기어오른다.

만약 그때 아르젠터스가 으르렁거리지 않았더라면?

만약 그때 내가 외롭지 않았더라면?

만약 그때 내가 말을 걸지 않았더라면?

만약, 만약, 만약. 우리 인간들은 왜 항상 지난날을 돌아보고 더 쉬운 길이 있었을 거라 생각할까? 우리는 그런 일이 일어나지 않을 수도 있었다고 믿는다. 예를 들면, 페르세우스가 제 갈 길을 갈 수도 있었을 거라고. 염소 가죽 아래 있던 칼과, 뭐가 됐든 제우스만이 알 법한 그 밖의 물건들을 챙겨 들고서. 그랬더라면 나는 지금 당신에게 이 이야기를 하고 있지 않을 것이다. 어쩌면 지금도 그 섬에서 기다리고 있을지도 모른다. 분명한 건 여기 이 자리에 있진 않았을 것이라는 사실이다.

그러나 일은 그런 식으로 풀리지 않는다. 그리고 나에게 더 쉬운 길이란 애초에 없었다.

페르세우스가 나의 은신처로 이어진 비탈길 아래서 서성거리기 시작했다. "넌 누구냐!" 그가 물었다.

아, 난 그냥 보잘것없는 존재. 이상한 언니들과 개를 데리고 편도표로 이 섬에 왔어. 여긴 별로 볼 것도 없고…….

"그냥 거기 있어!" 그가 바위틈을 살피며 절벽을 기어오를 궁리를 하기에 내가 소리쳤다.

페르세우스가 뒤로 물러서더니 황량한 곳을 바라보았다. "뭐? 여기 있으라고?"

"무슨 문제라도 있어?" 감정보다 말이 거만하게 나왔다.

"넌 누군데? 난 네가 안 보여." 그가 아르젠터스가 나타난 방향으

23

로 움직이기 시작했다.

"올라오지 마!" 내가 소리쳤다.

"혹시 먹을 거 있어?" 그 또한 소리쳤다. "실은 내가, 아니 내 개가 상당히 배가 고파."

"바로 뒤가 바다잖아. 물고기 한 마리 잡으면 되겠네."

"낚시에 소질 있는 편이 아니라서."

"낚시할 줄 몰라?"

페르세우스가 웃었다. 나의 결의에 균열을 일으키는 소리였고, 아직도 내 마음에 남아 있는 소리였다. 자신을 비웃을 줄 아는 남자라니. 흔치 않았다.

"부탁이야." 그가 말했다. "오래 귀찮게 하지 않겠다고 약속할게."

"어딜 가던 길이었는데?" 내가 물었다.

페르세우스가 한 바퀴를 빙 돌며 끝없이 펼쳐진 푸른 바다를 보았다. "이미 온 거 같은데?" 그가 양팔을 크게 벌리고는 태양을 향해 높이 솟아오른 붉은 암벽 쪽으로 돌아섰다. 문득, 절벽에서 뛰어내려 저 아래로 굴러떨어지면 그가 나를 잡아줄지 궁금했다.

"좋아." 그가 말을 이었다. "인정할게. 길을 잃었어."

"물고기도 못 잡고, 별자리도 읽을 줄 모르는구나." 내가 말했다. "대체 할 줄 아는 게 뭐야?"

페르세우스가 한 손으로 머리카락을 쓸어 넘겼다. 마음이 프라이 팬 위의 노른자처럼 연약해졌다. 이리 와, 내 마음속 목소리가 재촉했다. 내가 너를 볼 수 있게 가까이 와.

그때 들려오는 또 다른 목소리. 너를 바라볼 정도로 어리석은 자는 화를 입을지어다!

"임무를 수행하러 가는 길이었는데 바람 때문에 경로에서 이탈했어." 페르세우스가 말했다.

"임무?"

"임무에 관해선 말할 수가 없어. 더구나 바위에 대고 소리치고 싶진 않아."

"낯선 사람하고 얘기하지 말라고 어머니가 말 안 하셨어?"

"네가 어떤 앤지 아직 모르잖아." 그가 대답했다.

"내 말이 그거야. 여긴 네가 올 곳이 아니야, 페르세우스."

"전적으로 동의해." 그가 말했다. "하지만 왕이 내 인생을 망치려고 작정했을 땐 내 의사 따윈 별로 중요하지 않더라." 페르세우스는 바위를 걷어차다가 발을 찧었지만 조용히 얼굴만 찌푸렸다.

어떤 왕을 말하는 걸까? 왜 어머니 얘기에는 대답을 하지 않을까? 궁금했다. 내게는 이야기, 말동무, 친밀감이 필요했다. 그러나 나는 나 자신에 대한 의심으로 괴로웠다. 페르세우스가 절벽 아래에 있도록 내버려 두어야 했다. 알고 있었다. 아르젠터스도 알고, 나의 뱀들도 알았다. 그를 외면하는 편이, 다시 배를 타고 살던 곳으로 돌아가라고 말하는 편이 나았다.

그러나 고통스러운 외로움에 씁쓸한 따분함을 더하면 뱀독보다 위험해진다. 더구나 얘기를 들어보니, 페르세우스에게도 그의 행복을 방해하는 권력자가 있는 것 같았다. 우리에게는 이미 공통점이 있었다.

나는 수평선을 바라보았다. 어느덧 황혼이 내리고 있었다. 나의 두 언니, 스테노와 에우리알레가 곧 돌아올 참이었다. 하늘에서 날아오는 언니들을 보면 페르세우스는 무슨 생각을 할까. 또 언니들은 그를 어떻게 생각할까. 자칫하면 남자의 시신이 생길 수도 있었다. 결정을 내려야 했다. 신속하게.

"방금 물고기를 두어 마리 구웠어." 결정적인 말. "원하면 좀 먹어. 왼쪽에 진입로가 숨겨진 조그만 만이 있어. 배는 거기 묶어 놔."

내 평생 남자한테 이렇게 말을 많이 해보긴 처음이었다. 페르세우스가 미소를 짓자 심장이 따끔거렸다. 잠깐 사이에 내 삶이 바뀌었다. 한마디로 말하자면, 그렇다, 나는 행복해졌다.

물론 페르세우스에게 물고기를 직접 주진 않았다. 뱀들이 그를 겁주는 건 원치 않았다. 아테나의 목소리는 머릿속에서 한시도 떠날 줄 몰랐다. 나는 우리 동굴 입구에 있는 아치 모양 바위 뒤에 먹을 것을 놓아두었다. 두 마리 개와 함께 그가 다가오는 소리가 들리자, 내가 다급하게 외쳤다.

"안쪽으로 들어오지 마!" 내가 소리쳤다. "아치문 밖에 있어."

"뭐?"

"거기에 구운 물고기를 뒀어. 그리고 오 분 정도 걸어가면, 커다랗고 빨간 화강암 뒤에 동굴이 하나 있어. 거기 머물러도 돼. 그러니까 내 말은, 네가 원한다면……."

"내가 들어가는 게 싫은 거야?" 페르세우스가 말했다.

"들어오면 안 돼." 그의 질문에 대답을 회피하며 내가 말했다. 그의 존재감이 내 혈관 속에서 또 하나의 심장처럼 고동쳤다.

"왜 안 되는데?" 그가 말했다.

설명할 엄두가 나지 않았다. 어떻게 그럴듯하게 둘러대야 할까?

"난…… 위험하거든." 그 말과 함께 에코를 꽉 붙잡자, 내가 자기를 끓는 물에 떨어뜨렸다는 듯 격렬하게 꿈틀거렸다.

"위험하다고?" 미심쩍어하는 말투였다. "그럴 것 같지 않은데."

나는 뱀들을 올려다보았다. 언니들과 아르젠터스를 제외하면 변형된 머리를 누구에게도 보여준 적 없었다. 아테나가 나를 이렇게 만든 날, 우리는 호기심 어린 시선을 피해 영영 고향을 떠났다.

"거기 있는 편이 나아. 언니들이 나를 좀…… 과잉보호하거든."

"혹시 너 황금이나 루비로 만들어졌어?"

나는 웃지 않았다. "내가 가끔 멍청한 짓을 해서 그래."

"안 그러는 사람이 있나?"

나는 눈을 꼭 감았다. 뱀들이 쉭쉭거렸다. "난 골칫거리야."

그 말에 페르세우스가 웃었다. "네가 그렇다면 그런 거겠지. 여기서 언니들하고 사는 거야?"

"응."

"이 섬에 다른 사람은 없고?"

"우리뿐이야."

"부모님은 어디 있어?"

"먼 곳에."

"얼마나 먼 곳?"

"캐묻는 걸 좋아하는구나. 물고기부터 좀 먹지그래?"

페르세우스가 다시 웃었다. 내가 무슨 말을 해도 거슬리지 않는 것 같았다. "미안. 그냥 좀 친해지고 싶어서."

마음 깊은 곳의 저항에도 불구하고 페르세우스에게 전부 말하고 싶었다. 그게 얼마나 위험한 일인지 뼛속까지 선명하게 느껴졌다. 하지만 괜한 걱정을 하는 게 아닐까? 내 뱀을 보지만 않으면 우리 가족 얘기는 해도 되지 않을까?

"부모님은 오케아노스 그리스신화에서 대지 전체를 둘러싸고 흐르는 거대한 강 출신이야." 긴장 때문에 목소리가 갈라졌다. "밤의 변방 오케아노스의 서편 너머 세계의 끄트머리로, 영원한 황혼만이 존재하는 곳 바로 근처."

"밤의 변방? 멋진 곳일 것 같다."

"멋진 곳이야."

"그런데 어쩌다 여기까지 오게 됐어?"

이런! 이 질문엔 어떻게 답하지? 끝없이 이어지는 그의 질문이

31

나의 마음속에 장면들을 펼쳐놓았다. 바다에 떠 있는 나의 작은 배, 그 밑에서 움직이는 시커먼 물체. 분노하는 아테나, 번쩍이는 불빛, 뱀들의 탄생, 두려움에 휩싸인 나의 언니들……

"제발 좀 앉아. 어서 먹어." 기억을 떨쳐내느라 목소리가 떨렸다. "배고프다며."

페르세우스의 굶주림이 궁금증을 이겼다. 그가 바닥에 앉아 물고기를 싼 나뭇잎을 펼치는 소리가 들렸다. 허브와 구운 물고기 냄새는 거부할 수 없는 유혹이었다. 혼란스럽게도 뱀들 또한 신이 나서 몸을 펴기 시작했다. 물고기 때문인지 아니면 남자 때문인지 알 수 없었다. 누군가에게 끌리는 건 이런 기분일까? 통제력을 잃는 기분?

"혹시 물고기에 독을 넣은 건 아니지?" 그가 말했다.

"그럴 리가. 내가 왜 그런 짓을 하겠어?"

"혹시나 해서." 목소리에서 웃음이 배어났다. 페르세우스가 물고기를 먹는 소리가 들렸다. "와." 그가 생선 살을 씹었다. "진짜 맛있다. 고마워. 이 섬으로 흘러들다니, 운이 좋았네. 물고기가 두 마리인데 와서 같이 먹지그래? 해치지 않겠다고 약속할게."

해치는 건 따로 있다고, 나는 생각했다. 나는 구운 물고기를 유난히 좋아하는 가느다란 노란 뱀을 경고의 의미로 살짝 두드렸다. 아르테미스가 춤추듯 몸을 털었다. 내 의지도 맥없이 흔들렸다. 밖으로 나가 페르세우스를 보고 싶었다. 찬찬히 눈에 담고 싶었다.

"네 이름은 뭔데?" 입안 가득 물고기를 베어 문 채 페르세우스가 물었다. 나는 잠자코 있었다. "너 정말 이럴 거야?" 그가 말했다. "난 이름을 말해줬잖아. 우리 어머니께선 늘 말씀하셨어. 호의를 베푼 사람에게 이름도 묻지 않는 건 예의가 아니라고."

나는 동굴에서 나와 아치문 쪽으로 조금 더 다가가서 그가 물고기 먹는 소리를 들었다. 가까이 다가가면 안 된다고, 더는 안 된다고 속으로 중얼거렸다. "내 이름은 메……." 나는 멈췄다. 나는 누구일까? 이 남자에게 나는 누구일까? 내가 누구여야 그가 도망치지 않을까? 내 혈관 속 무언가가 그에게 이름을 말하지 말라고 경고했다. 나는 이름을 하나 생각해낸 다음, 아픈 브로치처럼 그 이름을 내게 달았다. "내 이름은 메리나야."

"메리나." 그가 따라 했다. "특이한 이름이다."

페르세우스에게 이름을 말하지 않을 생각이었다. 그럴 준비가 되지 않았다. 내 모습을 보여주지 않을 생각이었다. 그저 아치문 바위 반대편에 앉아, 그 같은 남자가 나의 외딴 섬으로 흘러드는 게 늘 있는 일인 척할 생각이었다.

CHAPTER

4

"그래서, 메리나." 페르세우스가 말했다. 인정한다, 나의 새 이름을 듣는 순간 정말 짜릿했다는 걸. 새 이름과 함께 새로운 가능성이, 새로운 삶의 기회가 열렸다. "밤의 변방에 관해 얘기해줘. 그 얘기 듣고 싶어. 나도 고향에서 멀리 왔거든."

"임무 때문에?"

페르세우스는 살짝 끙 앓는 소리를 냈다. "말하자면 그래."

어린 시절을 보낸 고향 얘기를 좀 한다고 해서 나쁠 건 없지 않을까. 언니들은 더는 그곳 얘기를 하지 않았다. 안 그래도 슬퍼하는 내가 그 얘기를 들으면 더 슬퍼할 거라고 생각하는 듯했다. 그러나 그저 말뿐이라 해도 고향으로 돌아가는 건 위안이 되었다.

"내가 자란 곳엔…… 정말 물이 많았어." 어디서부터 시작할지 생각하며, 밤의 변방에 살던 시절을 떠올리려 애쓰며, 내가 말했다. "숨을 한 번만 들이켜도 바닷소금을 들이마셨지. 냇물과 강과 바다, 사방이 물이었어. 파도가 끝도 없이 밤의 변방으로 밀려들었어."

태어난 곳을 떠올리자니 내가 다시 살아나는 기분이었다.

"배를 많이 탔어?" 페르세우스가 물었다.

"항상. 그게 그리워. 언젠간 다시 배를 타고 싶어."

"그래? 나한테 배가 있잖아. 같이 타고 섬을 둘러봐도 돼."

"그게…… 좀 어려워."

"어렵다고? 배를 몰 줄 모르는구나."

"몰 줄 알아." 의도보다 말이 방어적으로 나왔다. "어쨌건 방금 말한 것처럼, 밤의 변방에서는 그랬다고. 거기 사람들 대부분은 그물이나 창을 들고 먼바다로 나가지 않아. 이따금 지나가는 배를 바라보기만 하지. 향료가 밴 바람에 돛을 펄럭이면서 멀리 떠나가는 배들을. 하지만 난 그러지 않았어."

"너 꼭 시인처럼 말한다." 페르세우스가 말했다. "뱃사람 시인."

"지금부터 내가 바다 얘기를 해줄게." 가슴이 벅차올랐다. "바다가 작정을 하면 얼마나 사나울 수 있는지 말이야. 파도는 높이 출렁이다가, 돌고래의 머리에 닿아 하얗고 파랗게 부서지지. 작은 인어

들은 포세이돈과 함께 헤엄을…….”

나는 말을 멈추었다. 피부가 서늘해지고, 목이 메이고, 마음이 닫혔다. 지난 사 년 동안 바다의 신의 이름을 말한 적이 없다. 그런데 낯선 사람과의 첫 대화에서, 바다의 신이 나를 불시에 덮쳤다. 눈에 눈물이 고이고 목에서 쓴 물이 올라왔다. 맥박이 빨라지고 손바닥이 축축해졌다. 식은땀과 함께 현기증이 나서 무릎이 후들거렸다. 포세이돈. 미끄러지듯 유영하는 그 몸체와 분노. 그의 힘.

나는 눈을 감았다. 정신 차려, 메두사! 속으로 중얼거렸다. 너 이것보단 강하잖아! 뱀들이 나를 응원하듯 주위에 후광처럼 모여들었지만 강해진 기분이 들지 않았다.

“메리나?” 페르세우스가 말했다. “괜찮아?”

두 개의 자아가 충돌했다. 새로운 자아와 과거의 자아, 마음이 무거운 자아와 근심 걱정 없는 자아, 흉측한 자아와 아름다운 자아. 어떻게 동시에 이 모두가 될 수 있을까? 아르젠터스를 가까이 끌어당기며 심호흡했다. “응, 그럼.” 나는 거짓말을 했다. “나 괜찮아.”

맥박이 정상으로 돌아와 구불거리는 뱀들의 박자를 따를 때, 나는 새로운 감정이 밀려드는 것을 알아차렸다. 배 안쪽에서 간질거리며 반짝이던 한 줄기 빛이 소용돌이치며 목 밑에서 올라오고 있었다. 혹시 페르세우스가 나를…… 걱정하는 걸까?

"밤의 변방에서는 태양이 수줍었어." 내가 말을 이었다. "여긴 꼭 화형을 당하는 것 같지만. 우린 달과 별의 세상에 살았어. 우리의 운명이 밤하늘을 수놓았지. 페르세우스, 진짜 달빛을 본 적 있어?"

"솔직히 잘 모르겠어."

"그럼 넌 못 본 거야. 진짜 달빛은, 밝기가 차원이 다르거든. 초 승달이 부풀어서 동전처럼 되면, 호롱불도 필요 없고 벽난로에 불을 지필 필요도 없어. 바닷가의 모래는 백랍 빛깔 띠를 두른 것 같아. 절벽 위쪽은 잔디가 보석함 안감처럼 보드라워. 산토끼들이 조그만 은색 장식품같이 모여 살지. 거긴 바람이 시원해. 하늘은 멍든 것 같은 파란색에서 짙은 검은색까지 다양한 빛깔을 가진 지붕이고. 항상 산들바람이 불어서 마음을 어루만져 주는 곳이야. 거기가 나의 비밀 장소였어. 아직도 기억나."

페르세우스는 잠시 말이 없었다. "나도 보고 싶다. 너도 거기서 태어났어?"

"응, 절벽과 산토끼들로부터 멀지 않은 곳에서. 아버지는 어느 바다의 신이야. 어머니도 그렇고. 두 분은 다시 바다로 돌아가셨지만, 여기서 나와 함께 살고 있는 언니들은 뭍에 남았어. 둘이 나를 돌봐 줘. 항상."

"그럼…… 너도 불멸의 존재야?"

"아니, 아니야. 내겐 불멸인 게 하나도 없어. 언니들만 그래."

페르세우스가 땅바닥에서 자세를 바꾸는 소리가 들렸다. "자기가 영원히 산다는 걸 알면 어떤 기분일지 상상이 가? 그렇게 특별한 존재가 되면 어떤 기분일까?"

나는 편안하게 잠이 든 뱀들을 어루만졌다. "아니. 상상이 안 가." 뱀들이 꿈틀거리고 쉭쉭거리지 않아서 어느 착한 별에게 감사했다. 페르세우스가 가까이 있는데도 얌전한 건, 뱀들이 그를 친구로 여긴다는 뜻일지도.

"나도 너와 똑같아." 페르세우스가 말했다.

내가 웃었다. "네가 어떻게 나와 똑같아?"

"나도 내 삶의 끝은 비밀로 간직한 채 태어났거든. 나도 평범한 인간이야."

"앞으로의 네 삶도 답을 모르는 것들의 집합체구나." 내가 말했다.

"사실 내가 알아선 안 돼. 너도 마찬가지고." 그가 대답했다. "그건 이 세상에 태어난 모든 아기들과, 그 아기들이 자라서 되는 모든 남자와 여자의 권리니까."

그의 지성이 향기로운 화환처럼 나를 장식했다. 우리의 대화는 막힘없었다. 나는 깊고도 진심 어린 감사의 마음으로 그 향기를 들이마셨다. 눈을 감고 페르세우스가 손을 뻗어 내 얼굴을 만지는 상상을 했다. 누군가 내게 이런 식으로 대화를 건넨 적이 언제였던가. 너무나 오래전이었다, 너무나. 어쩌면 한 번도 그런 적이 없었는지도.

어린 시절. 우리 모두 떠나왔지만 지도에서는 결코 짚을 수 없는 그곳. 고향을 페르세우스에게 설명하는 것은 인생 첫 십사 년의 기억을 떠올리는 일이었다. 그때 나는 얼마나 순수했던가. 달빛을 받으며 걸을 때면, 어린 강아지였던 아르젠터스가 길쭉한 다리로 옆에서 뛰어다니며 갈대밭에서 떨고 있던 산토끼 떼를 쫓았다. 그땐 언젠가 페르세우스 같은 남자와 결혼하리라는 막연한 꿈도 꾸었다.

나는 상냥하고 속 깊은 아이였다. 머리를 귀 뒤로 넘기고 불가사리를 찾겠다고 바닷가를 샅샅이 뒤지곤 했다. 불가사리를 집어 올리면, 팔 다섯 개가 달린 하얀 몸통이 내 손 모양을 흉내 내며 인사를 건넸다. 어머니는 때때로 바다에서 높이 솟아오르며 나를 반겼고, 우리는 함께 노래를 불렀다. 나는 스테노와 에우리알레가 그물 묶는 것을 도왔다. 우리 셋은 밤의 변방과 오케아노스 사이의 해협으로 멀리 나아가서 청새치와 청어, 때로는 문어를 잡았다.

페르세우스가 옳았다. 나는 뱃사람이었다. 스테노와 에우리알레가 물에 들어가면 나는 햇살 속에서 흔들리는 우리의 작은 배에 앉아 있었다. 세 사람이 먹기 충분할 정도로 그물이 차면, 나는 노를 저었고 언니들은 해안까지 헤엄을 쳤다. 우리는 절벽에서 미친 듯이 자라던 백리향으로 맛을 낸 문어 다리 한두 개를 구워 먹었다.

행복한 시절이었다. 그게 나의 삶이었다. 밤의 변방 한 귀퉁이의 작은 공간 외에, 나는 그 누구에게도 아무것도 원하지 않았다. 낚시, 모닥불에 둘러앉아 주고받는 농담, 나의 바다 어머니가 부르는 노래……. 잘 시간이 되면 내 곁에 웅크리는 아르젠테스의 몸. 꿈.

"나의 아버지도 신이야." 페르세우스의 말에 나는 사라진 지 오래인 그 시절의 꿈에서 깨어났다. 행복한 배의 풍경이 흔적도 없이 흩어졌다. "그러니까 공통점이 또 하나 있는 셈이네."

"그래?" 내가 말했다. "네가 여기 온 걸 아버지가 알아?"

"우린 별로 안 친해. 그 사람이 아버지인 건 맞는데, 난 어머니가 키웠거든."

"어머니는 네가 여기 온 걸 알아?"

침묵. 페르세우스가 헛기침했다. 내가 들은 건 비통함일까? 아니면 분노일까? 문득 아치문을 사이에 두고 양쪽에 앉아 있는 게 한심하게 느껴졌다. 그러나 나에겐 선택의 여지가 없었다. 내 뱀들을 보는 순간, 그는 곧바로 도망칠 테니까.

"어머니는 내가 어디 있는지 몰라." 페르세우스가 말했다. "어머니를 떠날 수밖에 없었어. 얘기가 길어."

페르세우스가 말한 왕을 생각했다. 그의 삶을 망쳐놓은 듯한 왕. 나의 직감이, 어쩌면 나의 뱀들이, 그 이야기를 캐묻지 말라고 경고했다. "그렇구나. 그럼…… 아주 멀리 떠나온 거야?"

"응." 목소리가 작았다. "다시 돌아갈 수나 있을지 모르겠다."

공통점이 하나 더 생겼다고 생각했다. 정신 차려, 메두사. 우리가 비슷한 일을 겪었대도 네가 이 섬에 있는 이유는 그가 모르는 편이 나아. 대체 그걸 어떻게 설명할 건데? 어디서부터 시작할 건데?

그의 목소리가 참담해서 나는 기운을 북돋아줄 방법을 찾아야 했다. "네 어린 시절 얘기 들려줘." 내가 말했다.

그가 웃었다. 그 소리에 나의 뼈가 흐늘거렸다. "내 어린 시절은 네 어린 시절보다 더 이상해."

"누가 그래?"

"내가. 너에겐 불멸하는 언니들이 있지. 나에겐……."

"좋아, 계속해." 들뜬 기분으로 내가 말했다. "증명해봐."

"그래. 나의 아버지는…… 제우스야." 그가 말했다.

"설마."

"진짜야."

"그 제우스? 신들의 왕?"

"바로 그 제우스."

"세상에."

갑판에 서 있던 페르세우스에게서 후광이 배어 나오는 것 같던 이유를 이제야 알 것 같았다. 그는 은수저를 물고 태어난 게 아니라, 황금 삽을 들고 태어났다. 그와 나는 공통점이 없는 정도가 아니었다. 나는 달빛 아래서 평범함의 행복을 누리며 자랐지만, 페르세우스는 가장 강렬한 햇빛을 흠뻑 받으며 자랐다.

나는 사 년 만에 처음으로 웃었다. 아! 이 느낌! 배 속에 거품이 이는 것 같은, 혈관을 따라 희망이 보글거리는 것 같은 이 느낌! 너무 기뻐서 울고 싶었다. 내게 아직 웃음이 남아 있다니! 그날 이후 이렇게 행복한 순간은 많지 않았다.

"내 말 안 믿는 거야?" 페르세우스가 물었다.

"믿어." 내가 대답했다.

"내 어머니는 다나에야."

그가 말을 이었다.

"어머니도 너를 좋아했을 텐데."

"그걸 네가 어떻게 알아?" 얼굴이
붉어진 것을 그가 못 보아 다행
이었다. 검은색과 황금색 무늬가 있는, 유독 잘생
긴 뱀 다프네가, 마치 페르세우스의 칭찬을 내게 주입하
려는 듯 자신의 머리를 내 이마에 부딪쳤다.

"그냥 느낌이 그래." 페르세우스가 말했다. "내가 태어나기 전에,
어머니의 아버지가 어머니를 탑에 가뒀어."

"왜?"

"어느 예언자가 할아버지에게, 할아버지의 딸이 아들을 낳으면
할아버지를 죽일 거라고 했거든."

"그게 사실이야?"

"난 살인자가 아니야, 메리나." 그가 거칠게 말했다.

"당연히 아니겠지." 나는 움찔했다. 왜 괜한 말을 해서 그의 기분
을 상하게 했을까? "미안해."

"괜찮아. 내 생각엔 말이야, 다른 사람이 네 미래를 점칠 때 그걸
믿을지 말지는 네가 결정하는 거야. 사람들에겐 저마다 다른 동기

F 80°   G   60°   H   40°   J   20° K

TH
SEA

L   20°   M   40°   N   60°

가 있거든. 하지만 할아버지는 그 말을 한마디도 빼놓지 않고 믿었어. 그 예언에 집착했지. 너무 부당한 처사였어. 어머니는 할아버지를 결코 용서하지 않았어. 어머니는 태어난 것 말고는 잘못한 게 하나도 없었거든."

"태어난 것 말고는." 나는 그 말을 되뇌었다.

나는 눈을 감았다. 아르젠터스가 내 발치에 웅크리고 앉았다. 나는 페르세우스의 달콤한 목소리에, 내 웃음이 남긴 여운에, 물고기 부스러기를 기다리며 서로를 향해 가냘프게 우는 갈매기 소리에 마음을 가라앉혔다. 페르세우스가 왜 배를 탔는지, 그가 말하는 임무라는 게 무엇인지 너무도 궁금했다. 대체 무엇이 그를 이곳으로 데려온 걸까? 혹은 끌고 온 걸까?

"할아버지는 늘 지위를 잃을까 봐, 자기보다 젊은 누군가에게 권력을 뺏길까 봐 두려워했어." 페르세우스가 말했다. "예언자의 말만 믿고 자신의 두려움에 놀아난 거야. 태어나지도 않은 어린애가 늙은 나무의 껍질을 벗기듯 자신의 가죽을 벗기고 뼈를 장작으로 쓰리라 생각한 거지. 결국 할아버지가 생각해낸 해결책은 고작 어머니를 청동 탑에 가둬 결혼하거나 아이를 낳는 일을 막는 거였어. 그러고는 절대로 어머니를 풀어주지 않겠다고 맹세했지."

"나이가 들어도 유난 떠는 성격은 안 바뀌나 봐."

"아, 절대로. 오히려 더 심해지는 것 같아."

나는 탑에 갇힌 다나에를 상상했다. 탑에는 햇빛이 드는 조그만 창문이 있었을 것이다. 다나에는 코를 살짝 들어 신선한 바깥공기를 들이쉬고, 언젠가부터 애가처럼 들려오는 일상의 소음에 귀를 기울였을 것이다. 떠돌이 개들이 고기 한 점이라도 있을까 하고 채소 찌꺼기를 뒤지는 소리, 아기가 악을 쓰며 울어대는 소리, 골목 어귀에 친구들끼리 모여 웃는 소리가 들렸을 것이다. 다나에의 외로움이 어떤 맛이었을지 나는 알았다. 나의 외로움과 똑같았겠지.

"그러던 어느 날 제우스가 어머니에게 관심을 보인 거야." 페르세우스는 뿌듯해하는 것 같은 목소리였다.

포세이돈이 내게 관심을 보였듯이. 나는 몸서리 치며 그 생각을 떨쳐내려 애썼다.

"제우스는 마치 여느 햇살처럼 어머니의 창문으로 스며들었어." 페르세우스가 말했다. "그는 어머니가 처한 상황을 알았어. 제우스는 어머니에게, 앞으로 탑에서의 삶이 천국 같을 거라고, 두 사람이 낳을 아이는 밤의 이편에서 가장 운이 좋은 아이일 거라고 말했어. 그 아이가 바로 나야."

"정말 그래?"

"뭐가?"

"정말 밤의 이편에서 가장 운이 좋은 아이였어?"

"지난 몇 시간 동안 유난히 운이 좋은 것처럼 느껴지긴 했어." 그의 목소리에서 미소가 느껴졌다.

작은 산호색 뱀 에코가 깨어나 화살처럼 페르세우스 쪽으로 확 달려들었다. 나는 천천히 에코를 뒤로 당겼다.

"그래서 네 어머니는…… 제우스의 제안을 받아들였어? 누구나 그러진 않잖아." 내가 말했다.

"남자들이 하는 약속이라면 지긋지긋했던 어머니는 한참을 고민했어." 페르세우스가 말했다. "하지만 결국엔, 맞아, 받아들였어."

나는 좁은 탑 안을 둘러보는 다나에를 상상했다. "그래도 제우스는 물어보기라도 했네. 그건…… 흔치 않은 일이긴 하지."

"글쎄, 내 생각엔……" 시큰둥한 반응에 페르세우스는 약간 자신 없어진 목소리였다. "어떻게 되더라도 평생을 탑에 갇혀 사는 것보단 낫지 않았을까."

나는 잠자코 있었다.

"난 그 자리에 없었어, 메리나." 페르세우스가 발끈했다. "나한테 일어난 일이 아니라서."

"너한텐 그런 일이 일어날 리가 없잖아." 내가 말했다.

"그게 무슨 뜻이야?"

"아무것도 아니야."

"어머니는 삶을 되찾고 싶었을 뿐이야." 그가 말을 이었다. 목소리가 높아졌다. "다시 꿈을 꾸고 싶던 거라고. 선택의 기회를 모두 박탈당했으니까."

"그래서 그 이전과 이후의 모든 여자들처럼, 네 어머니도 어쩔 수 없이 어느 시대에나 늘 있던 거래를 할 수밖에 없었구나?"

바위 맞은편에 침묵이 흘렀다.

"어느 시대에나 늘 있던 거래라니?" 페르세우스가 말했다.

"그렇다고 해도 상관없어." 발 앞에 불운이 쌓이고 또 쌓여 어느 순간 자신의 슬픔에 질식할 것 같은 기분을, 고이 자란 이 눈부신 남자에게 결코 설명할 수 없었다.

"내 인생은 평탄했을 거라고 생각하는구나?" 갑자기 그가 말했다.

"페르세우스." 나는 너무도 그를 안심시키고 싶었다.

"메리나, 난 숨겨둔 자식이었어. 어머니를 제외한 모두에게 존재를 부정당했다고."

"분명히 말하는데, 나도 그 기분 알아."

"그러다가 재앙이 닥쳤어, 늘 그렇듯이. 할아버지가 내 존재를 알게 된 거야. 어머니가 주방장에게 자꾸만 케이크를 더 달라고 했고, 주방장은 끝없는 요구에 있는 대로 화가 났지. 결국 할아버지가 탑을 살피다가 아기를 찾아냈어. 바로 나.”

“어떻게 됐어?”

“할아버지는 제우스의 분노가 두려워서 어머니와 나를 죽이진 못했어. 대신 궤짝에 넣어서 바다에 떠내려 보냈지.”

“우리 둘 다 바다와 친한 아기였구나. 또 한 가지 공통점이네.”

나는 뱀들이 언제 우리를 갈라놓을지 몰라 두려워하며 우리의 공통점에 매달렸다.

“맞아. 하지만 그러다가 거대한 폭풍에 휘말렸어. 거센 폭풍이었어, 메리나. 아주 거셌지. 나는 궤짝 가장자리로 밖을 내다봤고 가엾은 어머니는 나를 꼭 끌어안은 채 과연 우리가 하데스에게서 살아남을 수 있을지 두려워했어.” 페르세우스가 말했다.

“제우스도 어머니가 저주하는 남자 목록에 추가됐겠구나.”

“맞아!” 페르세우스가 웃었다.

이야기를 함께 풀어가는 편이 나았다. 우리의 관계는 다시 견고해졌다. 처음으로 누군가와 함께 교향곡을 연주하는 기분이었다.

“그래서 어떻게 살아남았어?” 내가 물었다.

“운이 좋았지. 포세이돈이 우리를 구해줬거든.”

뱀들이 꿈틀거렸고 나는 소리를 지르고 싶었다. 내가 느끼던 편안함은 그렇게 산산조각이 나고 말았다. 우리가 함께 연주하던 음

악은 달갑지 않은 공통점 앞에서 흐지부지되었다. 페르세우스의 입에서 나온 그 신의 이름을 듣는 순간 가슴이 저렸다. 뱀들이 몸을 뻗으며 쉭쉭거렸고, 송곳니를 드러내며 분노로 몸을 뒤틀었다. 나는 그가 소리를 들을 수 없도록 아치문에서 떨어져 앉았다.

"거기 무슨 일 있어? 메리나, 너 괜찮아? 내가 들어갈까?"

그가 일어서는 소리가 들렸다. 내가 소리쳤다. "아니, 안 돼!"

"메리나, 제발 들어가게 해줘."

"별일 아니야."

나는 뱀들을 한 손으로 전부 휘어잡고 머리를 꽉 움켜쥐어서 입을 다물게 했다. 나는 그들의 분노를 이해했다. 나의 분노와 같은 것이니까. "솥에서 물이 끓는 소리야. 바위에 물이 튀어서 그래!" 내가 소리쳤다.

"알았어." 쉭쉭거리는 소리가 멈췄지만 페르세우스는 내 말을 믿는 것 같진 않았다. "혹시라도 내 도움이 필요하면……."

"제발." 뱀들을 풀어주고 흐르는 눈물을 닦았다. 포세이돈이라는 이름이 마음속에서 유영하며 맴돌았다. "페르세우스, 우리 둘 모두를 위해 그 자리에 있어."

그는 혼란스러워하면서도 내 말을 따랐다. 너무도 진실을 말하고 싶었다. 이 뱀들을 보여주고, 나의 이야기를 들려주고 싶었다. 그런데 방법을 알지 못했다. 우리는 바위를 사이에 두고 양쪽에 말없이 앉아 있었다. 뱀들이 화가 났을 때보다 이 침묵이 더 불편하고, 더 뾰족하고, 심지어 더 괴로웠다.

나는 눈을 감았다. 포세이돈, 내가 그토록 증오했던 신이, 다른 누군가에게는 그토록 자상했다고? 그것은 나에게 너무도 큰 고통이었다. 수많은 신 중 다나에를 도운 신이 왜 하필 포세이돈이었을까? 궤짝에 갇혀 바다를 떠다니던 어머니와 아들이 폭풍에 휘말려 곧 죽을 운명이었다. 그래서 자애로운 바다의 신 포세이돈이, 그들을 구했다. 친절도 하셔라.

그러나 어떻게 생각해보면, 포세이돈이 아니었다면 페르세우스는 나의 섬에 오지도 않았을 것이다. 그것은 부정할 수 없는 진실이었다. 이 역설을 도저히 감당할 수 없었다. 나는 익숙한 파도의 벽을, 나의 작은 배를, 어렴풋이 보이는 포세이돈의 음흉한 얼굴을, 아테나의 신전에 드리워졌던 그의 그림자를 떠올렸다. 그리고 그 뒤로 일어난 일도.

나는 고개를 저었다. 안 돼. 절대로. 그 기억들이 승리하는 건 용납할 수 없었다. 그러나 이 남자와 함께 있을수록 그 순간의 파편들이 떠올랐다. 바위를 사이에 두고 반대편에 있는데도, 그는 마치 핏빛 실을 뽑듯 나에게서 이야기를 끌어내고 있었다.

"도무지 모르겠어. 왜 신이 어떤 사람에겐 자상하고 어떤 사람에겐 잔혹한지." 내가 말했다.

페르세우스가 한숨을 쉬었다. 나는 뱀의 비늘을 쓸어내리며 자리에서 뒤척였다. 괜찮아, 아무 일 없어. "그래서 어떻게 됐어, 페르세우스? 포세…… 바다가 고요해지고 나서?"

"어부가 우리를 발견했어. 궤짝을 물에서 건졌지. 마른 땅이라니! 어머니는 나를 꼭 끌어안고, 헤어졌다 다시 만난 연인에게 하듯 땅에 입을 맞췄대. 우리가 떠내려간 곳은 세리포스라는 섬이었어."

"세리포스?"

"도시 이름이야. 시장이 있고, 성들도 있어. 외곽에는 들판이 펼쳐져 있고 그 너머로는 바다야."

"어떤 성들이 있는데?"

"알잖아, 그냥 성들."

나는 알지 못했다. 알지 못하는 게 당연했다. 동굴에서 살았으니까. "난 성은 많이 보질 못했어."

"어쨌든 궤짝에 갇혀 바다를 떠다니는 것보단 확실히 나아."

페르세우스는 세리포스에 살던 시절에 대해서는 별로 말하고 싶지 않은 것 같았다. 나는 어떻게든 그를 구슬려 얘기를 하게 만들기로 마음먹었다. 그때 소리가 들려왔다. 스테노와 에우리알레의 날

갯짓 소리.

"이게 무슨 소리야?" 그가 말했다.

"내 말 잘 들어, 페르세우스. 폭풍이 오고 있어. 동굴로 들어가." 내가 말했다.

"하지만……."

"페르세우스. 나 믿어?"

"응." 그는 조금 놀란 목소리였다.

나는 나를 끌어안았다. 내가 느끼는 행복의 리듬으로 나의 뱀들도 물결쳤다. "그럼 어서 가. 오레이도 데리고."

페르세우스는 제때 몸을 숨겼다. 잠시 후 자줏빛으로 물들어가는 바다 저편에서 스테노와 에우리알레가 모습을 드러냈다. 황혼을 배경으로 움직이는 날갯짓이 웅장했다.

"안녕, 아가." 스테노가 사뿐히 내려앉아 날개를 어깨뼈 밑으로 접었다. "문어 한 마리 잡아 왔어."

스테노는 문어 다리를 푼 다음 서늘한 동굴 한쪽 구석에 놓았다. 내가 대답하지 않자 근심 어린 표정으로 물었다. "무슨 일 있니?"

"아무 일도 없어. 난 괜찮아."

에우리알레가 양손을 허리에 짚고 내 쪽으로 다가와 뱀들을 살

폈다. 특히 한껏 신이 나 있는 에코를. "너 달라 보여, 메두사. 어딘가 변했어."

나는 눈을 치켜떴다. "난 이미 충분히 변했어. 안 그래?"

"고르곤그리스신화 속 괴물 눈은 못 속여." 에우리알레가 말했다.

"그 단어 쓰지 마." 경고의 눈빛을 보내며 스테노가 말했다.

"고르곤이 욕은 아니잖아. 오늘 무슨 일 있었어?" 에우리알레가 추궁했다.

"왜 그래, 진짜……. 아무 일 없었다니까." 내가 말했다.

물론 둘의 말이 옳았다. 나는 변했다. 다만 다행스럽게도, 이번 변화는 눈에 보이지 않았다.

나는 동굴에 있는 페르세우스를 생각했다. 그와의 대화는 너무도 편안했다. 그가 나의 비밀이었다. 지금껏 나는 한 번도 비밀을 가져 본 적이 없었다. 내 삶이 어그러진 이후, 나를 지키기 위해 온 힘을 다했던 언니들에게는 더더욱.

말 못 할 비밀이 생긴 것이 썩 좋지는 않았다. 그들과 나 사이의 땅에 균열이 생긴 것 같았다. 실 가닥처럼 가느다랗긴 해도, 어쨌든 틈이 벌어진 건 사실이었다. 스테노와 에우리알레가 같은 편에 있었고, 나 혼자 반대편에 있었다.

나는 페르세우스의 칼을 떠올렸다. 만의 후미진 곳에 숨겨놓은

XTAPODI 문어

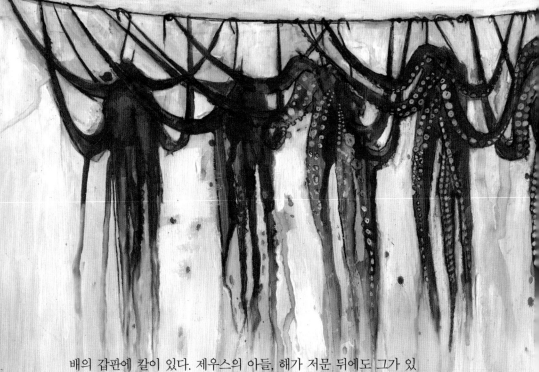

배의 갑판에 칼이 있다. 제우스의 아들, 해가 저문 뒤에도 그가 있는 곳은 따뜻할까? 아직 알고 싶은 게 많은데 어쩌면 영원히 알아내지 못할 수도 있었다. 거대한 바위를 사이에 두고 있었는데도, 그와 함께 보낸 시간은 놀라운 이야기가 담긴 책을 펼치는 것과 같았다. 그런 이야기를 읽으리라고는 상상조차 해본 적 없지만, 막상 펼쳐 보니 마치 나를 위해 쓴 책 같았다.

아직 그 책을 덮을 준비가 되지 않았다.

그날 밤 문어를 먹으면서 나는 그럭저럭 침착한 표정을 유지할 수 있었다. 우리는 모닥불을 피워놓고 둘러앉았다. 아르젠터스가 가끔 낑낑거렸다. 녀석은 때때로 고개를 들고 페르세우스의 은신처 쪽을 바라보았다.

"저 녀석 오늘 왜 저러지?" 스테노가 말했다.

"늙어서 그래. 유령을 보나 봐." 내가 말했다.

나에게 사랑은 오랫동안 유령이었다. 그날 이전의 나는 설령 사랑을 관통하고 지나쳤어도 그게 사랑이었음을 몰랐을 것이다. 잦아드는 모닥불 곁에서 스테노와 에우리알레가 잠들었다. 눈을 감으니 눈꺼풀 안쪽에서 불꽃이 춤추듯 일렁였다. 나의 외모가 아닌, 있는 그대로의 나 자신을 존중하는 남자가 있다는 건 어떤 의미일지 생각해보았다. 나의 생각과 행동, 나의 두려움과 꿈을 존중하는 남자. 내 삶에 그런 기적이 있을까?

내가 소중한 존재이며, 사랑받고 축복받는 존재임을 아는 삶, 찬란하게 빛나는 것이 허용되고 또 격려되는 삶, 다른 사람의 시선이라는 커다란 거울 속에서 내가 완벽하다고 느끼는 삶…… 그런 삶이 나의 삶일 수도 있을까? 어쩌면 페르세우스가 그 답을 줄 수 있을지도 모른다.

제발. 나는 신들에게, 유독 한 신에게 간청했다. 당신은 나에게 너무 큰 벌을 줬어요. 아테나, 제발 내게 이 한 줄기 달빛만은 허락해주세요.

나는 기다렸다. 그러나 아테나는 대답하지 않았다.

그날 밤 나는 내 삶을 송두리째 바꾼 신, 아테나의 꿈을 꾸었다.

사 년 전 일인데도 꿈속 나의 몸은 신이 가한 고통을 여전히 기억하고 있었다. 발바닥에서 종아리를 지나 엉덩이와 척추를 타고 올라오던 찌르는 듯한 통증, 복부와 폐에서 일어나던 회오리바람. 얼음과 불, 그게 바로 아테나였다. 얼음과 불이 내 심장을 옥죄고, 목 밑에서 솟구쳐 올라와 팔을 타고 뻗어나가 불멸이 아닌 내 손가락을 얼렸다.

아마도 깨어나려 애썼을 것이다. 그러나 나는 악몽에 갇혀 있었다. 언니들의 비명이 들리고, 혈관을 타고 흐르는 불편한 힘이 느껴졌다. 뜨거운 쇳물 같은 성난 파도가 연거푸 밀려드는 듯했다. 내

발로 신보다 더 세게 발길질을 할 수 있을 것 같았고, 내 입으로 엄청난 진실을 쏟아낼 수 있을 것 같았다. 들은 사람은 누구도 그 이전으로 돌아갈 수 없을 정도로 엄청난 진실을. 어린 여자로서는 한 번도 느껴본 적 없는 감정이었다.

그러나 나는 괴물이었다. 내가 정말 괴물이었을까? 괴물 같다는 게 대체 뭘까? 아테나가 내게 준 건 벌이었을까, 상이었을까?

어느 쪽인지 말할 수 없다. 신들은 미쳤다. 그것뿐이다.

여전히 꿈속에서, 갑자기 내 머리가, 아, 나의 머리가 얼어붙은 것처럼 차가웠다. 마치 아테나가 나를 깊은 바다에 빠뜨린 것 같았다. 얼마나 오래 그 상태가 지속되었을까. 몇 초, 몇 분, 혹은 며칠? 내 눈은 다이아몬드처럼 단단했고 모든 것이 수정처럼 맑게 보였지만, 나는 계속 눈을 깜빡였다. 예전에 보던 것을 다시 볼 수 있기를 바랐지만 부질없는 일이었다. 나는 결코, 결코 예전의 나로 돌아갈 수 없었다. 아테나는 그 점을 분명히 했다.

쉭쉭거리는 소리를 처음 들었을 때, 마치 뜨거운 돌덩이에 물을 붓는 소리 같았다. 두개골에 묵직하게 느껴지는 무게, 서늘하고 단단하고 꼬인 무언가가 귓가로 늘어져 자꾸만 어깨를 건드리는 느낌. 머리가 두 배로 무거워진 듯했다. 오른쪽을 돌아보았다. 뱀 머리 하나가 명령을 기다리듯 나를 바라보고 있었다. 그것의 몸체가 내 머리에서 뻗어 나와 꿈틀거렸다.

내 머리에서.

그 옆에 또 한 마리가 있었다. 그리고 또 한 마리, 또 한 마리. 나는 머리카락이 사라졌음을, 그리고 그 자리에 근육질의, 튼튼한, 무지개 빛깔 뱀들의 왕관이 있음을 깨달았다.

변화가 끝난 순간 고통이 잦아들었다. 스테노와 에우리알레가 말없이 나를 응시했다. 둘의 등에서 날개가 돋아나 나 역시 똑같이 두려움에 휩싸인 표정으로 그들을 바라보았다.

태어나서 처음으로 세상을 제대로 보는 것 같았다. 마침내 스테노가 입을 열었다. 목소리가 거칠었다. "우리에게 무슨 짓을 한 거죠?"

"세 여자에게? 아니면 고르곤 세 마리에게?" 아테나가 대답했다.

"고르곤?" 에우리알레가 말했다. "우리를 고르곤으로 만들었나요?"

"메두사." 신이 말했다. "잘 들어라. 너를 바라볼 정도로 어리석은 자는 화를 입을지어다!"

"그게 무슨 뜻이죠?" 내가 중얼거렸다. 제대로 말을 할 수가 없었다. 아테나는 나의 질문에 대답할 필요를 느끼지 못했다.

멀어지는 아테나의 웃음소리에 잠에서 깼다. 꿈을 꾼 거라고 생각하며 손을 머리로 뻗어보았다.

I woke to the
dying sound
of her
laugh...

멀어지는 아테나의 웃음소리에 잠에서 깼다.

아. 꿈이 아니었다. 전부 다 실제로 일어난 일이다.

"스테노? 에우리알레?" 나는 언니들을 불렀다. 뱀들이 잠에서 깨어났다. 나는 등을 바닥에 대고 누워 뱀들이 똬리를 풀게 했다. 나를 바라볼 정도로 어리석은 자는 화를 입으리라는 아테나의 경고는 정확히 어떤 의미일까. 뱀이 돋아난 이후 그 누구도 나를 본 적이 없었다. 그 경고를 시험해볼 기회가 없었지만 나는 아테나의 말을 믿었다. 나를 바라보는 사람에겐 끔찍한 일이 일어날 것이다. 그렇지 않고서야 아테나가 왜 그런 말을 했겠는가?

아테나가 우리를 고르곤으로 만든 뒤, 언니들과 나는 아르젠터스만 데리고 고향을 떠났다. 둘은 아테나가 특별히 선물한 날개로 바람을 가르며 날았다. 에우리알레가 아르젠터스를 한 팔로 안고, 스테노가 내 손을 잡고 육지와 바다를 가로지르던 것을 기억한다.

스테노는 날개를 마음에 들어했다. 날개가 달린 스테노는 우아했다. 반면 나의 머리는 흥분해서 꿈틀거리는 뱀들의 보금자리였다. 스테노는 나의 절망 앞에서 자신의 기쁨을 드러낼 정도로 뻔뻔하진 않았지만, 에우리알레는 아무 거리낌 없이 새벽이 올 때까지 어두운 밤하늘을 누비고 다녔다.

나는 힘겨운 기억을 떨치고 일어나 앉았다. 축 늘어진 아르젠터스의 형체를 제외하면 동굴은 비어 있었다. 스테노와 에우리알레는 이미 바다로 나갔다. 먹을 것을 구하지 않을 때 둘이 무얼 하는지 나는 묻지 않았다. 낮게 날면서 돌고래와 어울릴 수도 있다. 하지만 그러고도 남는 그 많은 시간엔 무얼 할까? 어쩌면 모르는 편이 나을 것이다. 고르곤만의 할 일이 있을 테니까. 고르곤은 신화를 만들어야 했다. 둘은 그 일을 좋아했다. 그러나 나는 평범한 머리카락을 가질 수만 있다면, 신화 따위는 기꺼이 포기할 수 있었다.

페르세우스는 일찍 일어났다. 그가 나를 불렀다. "메리나, 메리나, 거기 있어?" 아치문 바위 뒤에서 소리쳤다.

"지금 가!" 내가 대답했다.

언니들이 식량을 구하러 날아가는 광경을 그가 보았을지 궁금했다. 제우스의 아들이라면 둘이 하늘을 나는 모습을 보고도 눈 하나 깜짝하지 않을 수 있겠지만, 단정할 순 없었다.

페르세우스는 플루트처럼 생긴 악기를 연주하고 있었다. 선율이 아름다웠다. 어디서 배웠을까. 그는 연주를 멈추고, 악기를 땅에 내려놓는 것 같더니 햇살 속에서 잠시 쉬었다. 내가 있는 곳에서는 한쪽 손만 보였다. 햇볕에 그을린 그의 손이 자갈밭을 짚고 있었다. 가느다란 털이 햇살에 황금빛으로 반짝였다. 언제라도 손을 뻗으면 그의 손을 잡고, 손등에 입을 맞추고, 체온을 느낄 수도 있었다. 그

손의 뼈와 마디가 내겐 진주 한 바구니보다 더 소중했다.

하마터면 실제로 손을 뻗을 뻔했다. 그러나 경고를 떠올렸다.

"잘 잤어?" 대신 물었다. 아르젠터스가 임무에 충실하려는 듯 달려왔다. 페르세우스가 일어서는 소리에 나는 어둠에 몸을 숨겼다.

"들어가도 돼?" 그가 답했다. 하늘을 나는 언니들 얘긴 없었다.

"오늘은 안 돼." 내가 말했다

언제까지 이런 식으로 그를 막을 수 있을까? 그가 이곳에 온 뒤로, 아테나가 나의 머리카락을 뱀으로 바꾼 순간의 기억을 떨쳐버릴 수 없었다. 사실 그가 나타나기 전에, 나는 나의 뱀들이 이상하다는 생각을 거의 하지 않고 지냈다. 그런데 이제 그가 이곳에 왔고, 나의 외모가 어떻게 보일지 다시 의식하게 되었다. 나 자신에게서 이탈한 듯한 기분이 들었다. 심장과 영혼이 제자리에서 이탈한 것 같은 기분.

이런 나의 기분을 뱀들은 별로 좋아하지 않았다. 어떤 녀석은 초조해하며 몸을 홱홱 움직였고, 어떤 녀석은 이상하게 몸이 굳었다. 나는 간밤의 악몽과 기억으로 뒤척이느라 엉킨 뱀들을 무심히 풀어주었다. 아르테미스와 에코는 잠에 취한 연인처럼 뒤엉켜 있었다.

"대체 왜 너를 볼 수 없다는 건지 이해가 안 가. 이상하잖아." 페르세우스가 말했다.

"나도 이해가 안 가." 뱀들을 풀며 답했다. 솔직히 털어놓기 전까지 이런 식의 고차원적인 대답을 얼마나 여러 차례 해야 할까?

긴 침묵이 흘렀고, 그 속에서 페르세우스의 실망을 감지할 수 있었다. "잠 설쳤어? 좀 경계하는 것처럼 느껴져, 메리나." 그가 물었다.

나를 보지 않고도 이해할 수 있는 사람은 페르세우스가 처음인 것 같았다. "……괜찮아. 간밤에 악몽을 꿔서 그래."

"나도 잠을 잘 못 잤어. 아무래도 이 섬에 유령이 사는 거 같아." 그가 말했다.

"유령? 어떤 유령?"

"모르겠어. 마녀?"

우리는 웃었다. 벌건 대낮에 마녀 이야기라니. 이 상황이 너무도 우스웠다. 나는 말하고 싶었다. 이 섬엔 유령이 산다고, 마녀보다 훨씬 더 힘이 센 유령이라고. 그 유령은 바로 나의 이야기, 나의 탈출, 내가 이곳에 오게 된 이유였다. 바위와 오솔길에서, 동굴 천장에서 메아리치는 것은 바로 나 자신이었다. 페르세우스를 이 섬으로 이끈 이정표는 바로 나의 기억들이었다. 그러나 그가 자신이 향하던 목적지에 마침내 다다르면 과연 어떤 일이 벌어질까?

"있잖아, 우리 바닷가로 내려가서 바위 웅덩이 구경할까?" 페르세우스가 말했다.

"그러면 좋겠지만……."

"아니면 헤엄치러 갈까? 날씨가 기가 막혀."

헤엄, 물웅덩이, 하늘의 태양. 행복한 하루를 나기 위한 가장 소박한 공식이지만 내겐 불가능했다. 나는 천 번째로 아테나를 저주했다. 포세이돈을 저주했고, 내 고향 밤의 변방 이웃들을 저주했다. 내 삶을 비참하게 만든 이들. 그때 내가 할 수 있는 유일한 선택은 떠나는 것뿐이었다. 남은 삶도 이렇게 동굴에서 숨어 지내야 할까?

"난 못 가." 가슴 깊은 곳에서 익숙한 고통이 밀려들었고, 뱀들이 버려진 밧줄처럼 내 어깨로 축 늘어졌다. 나는 조그만 에코의 머리를 위로하듯 쓰다듬었다. 진한 자주색에 내키면 언제든 위풍당당하게 구는, 좀 더 큰 뱀 칼리스토는 나의 감정이 짜증스럽다는 듯 꿈틀거렸다. 이건 내 잘못이 아니라고, 나지막이 칼리스토에게 말했다. 포세이돈을 탓해. 아테나를 탓하라고. 하지만 나를 탓하진 마.

칼리스토가 쉭쉭거렸다. 마치, 이제 넌 신의 장난 따위는 신경 안 써도 될 정도로 나이 들고 못생겼다고 말하는 것 같았다.

어쩌면 그 말이 맞을 수도 있다고 나도 똑같이 씩씩거렸다. 하지만 겉모습이 바뀌었다고 해도 나는 여전히 나일 뿐이었다.

"왜 못 가는데?"

"바빠."

"바쁘다고?"

"음식도 만들어야 하고. 청소도 해야 하고. 할 일이 있어."

"하루쯤 언니들에게 맡기면 안 돼?"

"둘은 식량을 구하러 나갔어. 나만 여기 남아 있고."

"하지만 왜 그래야 해? 종일 동굴에만 있을 순 없잖아."

"어떻게 설명해야 할지 모르겠어, 페르세우스. 지금까진…… 내가 동굴에만 있을 필요가 없었어."

"그럼 내 말대로 한번 해보자. 혹시 둘이 너를 괴롭히기라도 하는 거야?"

"아냐, 나를 얼마나 사랑하는데." 내가 발끈했다. "언니들은 항상 나를 사랑해줘. 심지어 아테나가……."

"아테나? 아테나가 이 일하고 무슨 상관이야?"

이런. 아테나의 이름을 말하다니. 페르세우스와 얘기를 하면 할수록 자꾸만 비밀을 누설한다. 그런데 나는 그가 알기를 원했다. 언니들이 아닌 다른 사람에게, 나처럼 사는 게 어떤 기분인지 얘기하고 싶었다. 미움받는다는 것, 이해받지 못한다는 것, 심지어 나조차 나를 이해 못 한다는 게 어떤 기분인지 얘기하고 싶었다. 내 평생, 누구도 내 얘기를 들어준 적 없었고 질문 한번 해준 적도 없었다. 그들은 그저 슬쩍 한번 보고는 그 순간 나에 관한 답을 찾았다고 생각했다.

"메리나?"

"페르세우스, 어제 말했듯 이건 좀 복잡한 문제야."

"네가 동굴 밖으로 나오기 전엔 아무 데도 안 가."

"임무가 있다고 하지 않았어?"

"응, 하지만 너에 대해 알고 싶어." 그가 말했다.

"알고 나면 싫어질 수도 있어."

"완벽한 사람은 없어."

없고말고. 속으로 생각하며 서로 장난치는 칼리스토와 다프네를 올려다보았다. 내가 가진 선택지를 떠올렸다. 페르세우스에게 어떤 얘기를 털어놓고 어떤 얘기를 숨겨야 할까? 그에게 건넬 진실의 조각이 있긴 했다. 어쩌면 나를 이해할지도 모른다는 희망을 품고 그에게 바치는 제물이랄까. 하긴, 내게 잃을 게 더 남아 있긴 한가? 나는 그와 얘기하는 게 좋았고, 그도 나와 얘기하는 걸 좋아했다. 그는 젊고 나도 젊었다. 그는 사랑스러웠고, 한때는 나도 사랑스러웠다. 그와 함께 시간을 보내면, 어쩌면 나도 다시 사랑스러워질지도.

나의 심리적 동요를 감지하고 뱀들이 꿈틀거리기 시작했다. 그들도 나처럼 이 화사한 남자에게 다가가 그가 나를 좋아하고, 이해하고, 있는 그대로의 모습으로 받아들이게 할 최선의 방법을 찾으려

고민하는 것 같았다.

"메리나." 페르세우스가 말했다. "이렇게 하면 어때? 내가 여기 왜 왔는지 말할게. 그럼 너도 그렇게 해줄래?"

자기 자신을 설명한다는 것은, 자기 자신의 이야기를 명료하게 한다는 것은 세상에서 가장 힘든 일이다. 머리카락이 뱀이건 아니건, 우리는 모두 너무도 복잡한 존재들이기 때문이다. 우리가 누구인지, 왜 이런 모습인지, 어떤 삶의 굴곡을 겪었는지 힘들이지 않고 설명할 수 있는 사람은 아마도 올림포스 산의 이편에는 한 명도 없을 것이다. 왜 허니 케이크보다 무화과 케이크가 좋은지, 왜 그의 친구가 아닌 그와 사랑에 빠졌는지, 왜 한밤중에 우는지, 혹은 왜 아름다운 것을 보고 우는지, 왜 아무 이유 없이 우는지. 그러나 그럼에도, 우리가 할 수 있는 일은 그것뿐이다.

"얘기해줄게." 나의 목소리가 들렸다. "약속해."

페르세우스와 나는 서로에게 엄청난 부담을 지웠다. 서로에게 있는 그대로의 모습을 받아들일 것을 요구했다. 서로 이런 부담을 주고 또 받는 일은 가장 멋진 키스보다 더 멋졌다. 우리는 지금, 어쩌면 누군가는 사랑이라고 부를 수도 있는 감정의 가장자리에 까치발을 하고 서서, 안을 들여다보며 저 속에 빠지면 어떤 기분일지 궁금해하고 있었다.

달콤한 위험을 맛본 적이 있는지? 그것이야말로 최상이면서 동시에 최악의 별미다. 그 무엇도, 정말이지 그 무엇도 그만큼 자극적이고 특별하며 유혹적인 맛이 없기에 최상이고, 한번 맛보고 나면 그 후로 먹는 모든 것이 밋밋하게 느껴지기에 최악이다.

"페르세우스." 말을 꺼내자 목구멍이 오그라들었다. 그를 이해시켜야 했지만 숨도 쉴 수 없었다. "나도 네가 나를 보았으면 좋겠어."

"잘됐네."

"하지만 그러면 안 돼. 왜냐하면 아테나가…… 내 외모가 좀 망가졌거든."

그 말에 다프테가 분개하며 몸을 쭉 폈다. 그럴 만도 했다. 아름다운 뱀 다프네는 망가진 것과는 거리가 멀었다. 미안, 내가 다프네의 귀에 대고 조용히 속삭였다. 다프네는 몸을 웅크려 분노를 품은 조그만 공이 되었고, 에코와 아르테미스는 고소해하며 꿈틀거렸다.

그 말과 함께, 그 경고와 함께, 우리는 서로에게 진실을 털어놓기 시작했다.

"망가졌다고?" 페르세우스가 물었다. 목소리에 놀란 기색이 전혀 없어서 나는 이루 말할 수 없이 고마웠다. "어떻게?"

"어떻게 망가졌냐고 묻는 거야? 아니면 어쩌다가 그렇게 되었냐고 묻는 거야?"

"둘 다. 전부 다 알고 싶어."

"좋아. 네가 내딛는 모든 발걸음이 옳은 것 같은 기분을 느껴본 적 있어? 네가 하는 모든 말이 긴 노래의 한 소절이라 평생토록 아름다운 노래를 부를 수 있을 것 같은 기분?"

그가 웃었다. "없는 것 같아. 근데 그러면 참 좋겠다."

"내가 어렸을 때, 언니들은 나에게 내가 아닌 다른 모습이 되라고 요구한 적이 없었어. 그저 나 자신인 걸로 충분했지. 그건 엄청난 축복이었어, 페르세우스. 진귀한 축복. 그 자신감, 그 일체감을 병에 담아서 만나는 모든 아이에게 나누어줄 수만 있다면, 아마 그렇게 했을 거야. 하지만 결국 난 그것들을 빼앗겼어."

"안됐다."

"종종 있는 일이잖아. 어느 날 바다에서 아무 생각 없이 물고기를 잡는데, 바다 밑에서 무언가 나를 지켜보고 있었어. 거대한 무언가가. 내 삶을 두 동강 낼 무언가가."

"무슨 말이야?" 페르세우스가 말했다. "뭐가 네 삶을 두 동강 냈는데?"

바위를 사이에 두고 나의 마음이 요동쳤다. 나는 나의 이야기를 털어놓을 가장 좋은 방법을 절박하게 찾고 있었다. "내가 예뻤다거나, 혹은 예쁘지 않았다거나, 그런 얘기를 하려는 게 아니야." 내가 말했다.

"예뻤다고?" 페르세우스의 목소리에서 설렘이 느껴졌다.

"난 더는 그런 덫에 걸리지 않아."

"너를 덫에 걸리게 하려는 게 아니라……."

"난 나의 가치를 알아. 나한테 어떤 값을 매기든 그건 내가 상관할 바가 아니야."

"메리나?"

나는 북받치는 감정을 다스리려 애썼다. "하지만 이것만은 말할 수 있어. 어렸을 땐, 달이 아주 환한 밤 물가에 있을 때만 내 모습을 볼 수 있었어. 물고기 꼬리가 일으키는 잔물결이나 바람의 장난에 얼굴이 굴절되어 보이긴 했지만 별로 신경 쓰지 않았지. 그건 그저 내 얼굴일 뿐이었거든, 페르세우스. 눈 두 개, 코 하나, 입 하나, 볼, 이마, 그리고 그 모든 걸 둘러싸고 있는 길고 물결치는 머리카락. 난 그런 모습이었어."

"너 예뻤구나."

나는 한숨을 쉬었다. "그렇게 생각하는 사람도 있었고, 그렇지 않은 사람도 있었고. 여덟 살쯤 되었을 때, 알렉토라는 마을 여자가 내 앞에서 스테노에게 이렇게 말하는 걸 들었어. '동생이 참 예쁘구나. 남자들 속 좀 썩이겠어.' 그 아줌마 남편도 동의하더라. 그때 어떤 여자가 지나가다가 나를 돌아보더니 '예쁘긴 뭐가 예뻐. 그냥 그렇구만' 하고 말했지. 알렉토가 그게 무슨 소리냐고 물었더니, 그 여자가 답했어. '쟤가 사람을 홀린다니까. 저 길고 아름다운 머리카락 좀 봐.' 그때부터 시작이었어."

"뭐가?"

"내가 아름다운지 아닌지에 관한 논쟁. 그러던 어느 날, 내 외모를 놓고 실제로 싸움이 났어. 마치 나에게서 중요한 건 오직 그뿐이라는 듯이. 뺨에 손을 대니 달궈진 돌처럼 뜨거워서 놀란 기억이 나. 내가 엄청난 분란을 일으켰다는 게 너무 걱정되더라. 하지만 스테노는 내가 잘못한 게 없다고 했어. 어느 누구에게나 그렇듯 그저 내게도 얼굴이 있는 것뿐이라고. 사과해야 할 것 같았지만 뭘 사과해야 할지 알 수 없었지. 시간이 흐를수록 사람들이 내 몸속으로 들어오고, 여기저기 만지고, 불빛에 비추어 보려는 것 같다는 기분이 들었어. 시선들이 끊임없이 따라다녔어. 걸어 다니는 동상이라도 되는 양 나를 구석구석 뜯어봤어. 내가 돌로 변하길 바라는 것처럼."

"사람들이 왜 그랬을까?"

"자기들이 생각하는 세상의 틀에 나를 끼워 맞추고 싶었겠지. 그래야 통제할 수 있을 테니까. 나는 절벽 꼭대기로 뛰어 올라가고 풀밭에 숨고 싶었지만 사람들 말이 귓가에 맴돌았어. 그때부터 나는 여자애가 아닌 젊은 여자가 되었지. 그렇게 두 사람이 된 거야. 항상 사람들 눈치를 보는 나 자신 밖의 나, 그리고 몸 안에서 조용히 사는 조금 더 심오한 나. 그 둘이 한 사람이 되는 건 불가능했어. 난 아름다웠어, 페르세우스. 하지만 내가 정말 아름다웠을까? 아름답다는 게 대체 뭘까? 내가 남자들 속을 썩이려고 태어났을까? 난 누구의 속도 썩이고 싶지 않았어."

"너 정말 남자들 속을 썩였어?" 페르세우스가 물었다. 목소리에서 질투 비슷한 감정이 배어났다.

"아니." 살짝 짜증이 난 목소리로 내가 대답했다. 이 이야기의 핵심은 남자들의 마음이 아니라 나의 마음이었다. "난 더는 마을에 가지 않았어. 알렉토를, 마을 사람 모두를 피해 다녔어. 불가사리를 잡으러 바닷가에 나가지도 않았어. 물속을 들여다보다가 달라진 내 모습을 보게 될까 봐. 그래서 마을 사람들 절반이 하는 말대로, 내가 아름답지 않다는 걸 알게 될까 봐 두려웠어. 나 자신을 매의 눈으로 지켜보면서도 한 마리 생쥐가 된 기분이었어.

언니들은 어쩔 줄 몰랐지. 나에게 넌 정말 아름답다고 말해주면 내가 마을 사람들 말을 더 믿을 테니까. 둘이 그런 식으로 안심시키면 잠깐은 기분이 좋았지만, 그런 말부터 원하는 나 자신이 한심하게 느껴졌어. 그렇지만 네가 아름답든 아름답지 않든 그런 건 중요하지 않다고 말하면, 내가 흉측하게 생긴 건가 의심이 들었어. 그렇게 나 자신을 다른 사람의 처분에 맡긴 거야. 다른 사람들 눈에 아름다워야 한다고 생각했고, 그렇지 않으면 더는 나 자신일 수 없을 것 같았어. 그래서 나의 아름다움을 완벽하게 가꿔야 했어, 별처럼 찬란하게 빛나도록."

"메리나, 외모가 아름답건 망가졌건 다른 사람들 생각은 중요하지 않아."

"말은 쉽지. 물론 마을 사람들 생각을 흙먼지 정도로 여기고 발꿈치로 밟아버렸어야 했지. 넌 네 외모에 대해 걱정해본 적 없어? 하긴 대답 안 해도 알겠다. 당연히 그런 적 없을 거야. 넌 제우스의 아들이잖아. 당연히 잘생겼겠지."

"너 꼭 마을 사람들처럼 말하네." 페르세우스가 말했다.

나는 그 말에 뜨끔했다. "예쁜 여자라는 말보다는 잘생긴 남자라는 말을 듣는 편이 더 쉬울 것 같아. 여자한테 아름답다는 말이 따라붙으면, 그게 곧 그 애의 존재의 본질이 되거든. 그 애가 가진 다른 모든 가능성을 덮어버려. 남자는 그 사실이 다른 모든 가능성을 덮어버리진 않잖아."

"사람들이 시시콜콜 하는 말에 동의할 수 없다면, 왜 그냥 무시해버리지 않았어?"

"왜 내가 노력했어야 해? 무시하는 것도 쉽지 않았어. 그 시간에 얼마든지 쓸모 있는 일을 할 수도 있었을 텐데." 내가 한숨을 쉬었다. "페르세우스, 어떤 여자가 아름다우면, 사람들은 그 아름다움이 자기들 소유라고 생각해. 그 여자가 자기들 쾌락을 위해 존재하고, 자기들이 그 아름다움에 기여했다고 생각한다고. 당연히 그 아름다움을 즐길 권리가 있다고 생각하지. 네 어머니를 봐. 제우스가 창문으로 잠입해서 무슨 짓을 했는지. 사람들을 만족시키기 위해 외모를 가꾸고, 그러지 못할까 봐 두려워하는 건 아주 지치는 일이야. 반면 넌 네가 원하는 일을 할 수 있었잖아. 넌 배도 있고, 이렇게 여행을 떠나도 아무도 막지 않았지. 그 얼굴을 떼어서 돌고래한테 던져 줄 수도 있었을걸. 하지만 난 아냐. 나한텐 그런 게 허용되지 않았어."

"왜 난 다 맘대로 할 수 있었다고 생각해?" 거칠고 화가 난 목소리였다. "왜 내가 배를 타고 싶었을 거라고 생각해?"

"난……."

"마을 사람들이 너를 그렇게 대했다니 유감이야, 메리나. 진심이야. 사람들은 다 바보야. 하지만 너만 본모습에 충실하지 못한 채 네 운명을 멋대로 결정하는 사람들에 둘러싸여 자란 건 아니야."

"네가 아는 게 다가 아니야." 내가 쏘아붙였다.

싸늘한 침묵이 우리를 감쌌다. 그러나 나의 분노에는 일종의 희열이 배어 있었다. 마침내 내가 나의 이야기를 하고 있었기 때문이었다. 비록 얼굴을 맞대진 않았어도, 우리는 자신을 드러내고 있었다. 우리를 잇는 실낱같은 희망의 끈이 튼튼해지고 매듭도 단단해져서 서로 끌어당기고 있었다. 나는 그것이 포옹으로 이어지기를, 육체적인 포옹은 아닐지라도 영혼의 포옹으로 이어지기를 바랐다.

"좋아." 내가 다정하게 말했다. "그럼 말해봐. 너한테 무슨 일이 있었는지."

"정말 알고 싶어?"

페르세우스는 아직 마음이 풀리지 않은 모양이었다. "정말 알고 싶어." 내가 말했다.

"사람들이 운명을 대신 결정하는 게 어떤 기분인지 나도 알아. 이건 분명히 말할 수 있어." 페르세우스가 한숨을 내쉬는 소리가 들렸다. "내가 기억하는 한 나는 쭉 세리포스에 살았어. 폴리덱테스 왕의 궁전에." 그는 왕의 이름을 아주 몹쓸 병을 말하듯 내뱉었다. "차라리 너의 이 섬이 나한텐 더 고향처럼 느껴져. 비로소 자유로워진 것 같아."

"어째서?"

"세상의 온갖 부를 다 갖고 있어도, 여전히 감옥에 갇힌 듯한 기분이 들 수도 있거든. 폭풍에서 어머니와 나를 구해준 사람이 폴리덱테스 왕의 궁전으로 우리를 데려갔어. 내가 자란 곳이 바로 거기야. 난 눈에 뜨이지 않게 조용히 지냈어. 시장에서 먹을 걸 사고 오레이도와 놀면서. 세리포스는 어린아이가 지내기에 안전한 곳이었어. 우린 가난했지만, 어머닌 내게 무척 자상했고 사람들 인심도 후했지. 그리고, 맞아, 사람들은 늘 내게 잘생겼다고 말했어. 나 참 딱하지."

"넌 잘생겼어." 내가 말했다. "아니, 내가 상상하기론 그렇다는 거야." 얼굴이 붉어지는 것이 느껴졌다. 바위가 우리 사이를 가로막고 있어서 얼마나 다행인지.

잠시 침묵이 흐른 뒤 그가 다시 입을 열었다. "메리나?"

"응?"

"넌 내가 너의…… 망가진 모습을 볼까 봐 걱정하는 거 같아."

"아주 오랫동안 누구도 내 모습을 본 적이 없거든."

"기다릴게."

"영원히 준비가 되지 않으면?"

페르세우스가 한숨을 쉬었다. "난 벌써 네가 보이는 것 같아."

"뭐가 보이는데?"

"검은 머리카락."

다프네가 화가 난 듯 쉭쉭거렸다. 나는 다프네의 턱을 꽉 움켜쥐었다. "예전엔 검었지." 내가 말했다.

"예전엔?"

"지금은…… 색이 달라졌어. 좀 알록달록해."

"예쁘겠다."

"예쁘다는 표현은 좀 그렇고." 여전히 다프네와 씨름하며 내가 답했다.

"자기 자신에게 그렇게 가혹할 필요 없어. 그리고…… 키도 꽤 클 거 같은데?"

"맞아."

"그리고…… 눈은 초록색?"

"아니. 갈색."

"입도 분명히 예쁠 거야."

그 말에는 대꾸하지 않았다. 기쁨과 두려움으로 살갗이 간질거렸지만 페르세우스는 멈추지 않았다. "잠깐이라도 너를 볼 수만 있다면 바다에서 보낸 긴 시간을 보상받을 텐데……."

"네 얘기를 계속하는 게 좋을 거 같아." 나는 마침내 다프네를 놓아주었다.

그가 웃었다. "좋아. 믿을지 모르겠지만, 열다섯 살이 되었을 때 난 거만하기가 이루 말할 수 없었어. 모두가 나를 끔찍이도 사랑했거든."

나는 고향 사람들을 생각했다. 그들의 애정이 얼마나 순식간에 증오로 변했던가. "잘생겼다는 얘길 듣긴 했지만 그것 때문에 벌을 받진 않았나 보네? 너무하다." 내가 말했다.

"썩 괜찮은 인생이었어." 그가 말했다. "어머니와 난 안전했고, 내게는 애인도 있었으니까."

페르세우스 쪽으로 돌진하려는 듯 칼리스토가 몸을 곤추세웠다. 나는 칼리스토를 꽉 붙잡았다. 손바닥에서 칼리스토의 분노가 고동치는 게 느껴졌지만 무시하려 애썼다. 사람이건 뱀이건, 그 정도로 분노할 일이 아니었다. 페르세우스는 그런 삶을 누릴 자격이 충분했다. "애인이 있어?" 내가 말했다.

"응, 드리아나."

"아직도 만나?"

"내가 떠나올 때까진 그랬어. 그 문제 때문에 다퉜어. 드리아나는 내가 떠나지 않길 바랐는데 난 떠나야 했거든."

"지금은?"

"모르겠어."

"왜 몰라?" 그가 자갈밭에서 뒤척이는 소리가 들렸다. "애인이 있으면서 왜 내 입이 예쁠 것 같다는 말을 했어?"

"메리나, 우리 진지하게 한 얘긴 아니었잖아."

"그건 그래."

"아마 지금쯤 나를 잊었겠지. 내가 떠난 지도 한참 되었으니까."

"세리포스를 떠난 지는 얼마나 됐어?"

"몇 달 됐어. 내겐 선택의 여지가 없었어. 폴리덱테스 왕이……
그곳이 딴 세상처럼 느껴져, 메리나. 너와 함께 여기 있으니…… 내
가 딴사람이 된 것 같아."

"나도 그래." 내가 나지막이 속삭였다.

"드리아나는 좋은 사람이야." 페르세우스가 덧붙였다. "너도 만나
보면 좋아할걸."

좋은 사람. 누군가 나를 '좋은 사람'이라고 말한 적이 있던가? 내
가 그런 말을 듣고 싶은 적이 있던가? 내가 드리아나를 좋아할 수
도 있는 세상을 상상해보려 애썼지만, 그러기에 나는 너무 옹졸했
다. 드리아나는 페르세우스의 손을 잡았을 것이고 그의 입술이 연
인의 입술에 닿았을 것이다. 두 사람은 꿈결 같은 시간을 보냈을 것
이다. 나의 황량한 섬에서처럼 뜨거운 햇빛이 아닌, 보드라운 햇살
아래, 올리브 숲에서. 나는 근사한 세리포스 양식의 궁전에서 이른
저녁식사를 하는 그들의 모습을 상상했다. 촛불 밝힌 테이블을 사
이에 두고 서로 사랑을 속삭이는 두 사람. 그들의 시선은 오직 두

사람만을 하나로 잇고, 서로를 향한 사랑 속에서 더없이 편안했을 것이다.

나도 그런 사랑을 원했다. 그리고 심지어 그 모든 일을 겪은 지금도, 나는 페르세우스에게 묻고 싶었다. 드리아나 예쁘냐고.

보나 마나 아프로디테만큼 사랑스러운 여자였겠지.

나는 나를 경멸했다. 제발, 메두사, 그런 한심한 질문은 하지 마. "당연히 우린 잘 지냈을 거야." 내 목소리는 경직되어 있었다.

"그러다가 일 년 전쯤." 페르세우스가 말했다. "상황이 바뀌었어."

"너와 드리아나?"

"아니. 폴리덱테스 왕이 어머니에게 자기 아내가 되어달라고 했어. 하지만 어머니는 그 징그러운 놈 근처에도 가기 싫어했지."

그 얘기를 할 때, 마치 산기슭의 새벽안개가 흩어지듯 그의 목소리에서 앳된 느낌이 사라졌다.

나는 눈을 감았다. 다나에는 두 배로 분노를 느꼈을 것이다. 기껏 한 왕에게서 벗어났는데, 또 다른 왕의 손에 맡겨지다니. 바다 건너로 팔을 뻗어 다나에의 손을 잡고 말하고 싶었다. 당신 심정을 안다고! 제우스와 폴리덱테스의 '관심을 끈' 것은 다나에의 분노였을까? 아니면 다나에의 가슴속에서 끓어오르는, 바깥세상에 대한 열망이었을까? 외로움이었을까? 미모였을까?

다나에의 행동과는 전혀 상관이 없었을 것이다.

"어머니는 폴리덱테스를 증오했어. 나도 그랬고. 따분하고 무례한 사람인데 자기가 웃긴 사람일 줄 알거든. 어머니가 얘기를 하면 매번 끼어들어. 냄새는 또 얼마나 지독한지. 대체 왜 향수를 안 쓰는 건데!" 그가 하늘에 대고 소리를 질렀다. 마치 그러면 대답을 들을 수 있을 거라는 듯이.

향수를 뿌리지 않는 것 따위는 다나에에게 가장 중요하지 않은 대목이었으리라는 생각이 들었지만, 분노는 이상한 방식으로 작용한다는 걸 아는 나는 아무 말도 하지 않았다.

"어머니는 애써 가볍게 넘기려고 했어. 그러는 편이 안전하다면서. 마치 그 사람이 농담을 했다는 듯이. 그에게 복숭아를 던져보는 건 어떠냐고, 그러면 냄새가 좀 나아질 거라고도 했어." 페르세우스가 말을 이었다. "물론 진짜 던지진 못했지만. 그러지는 못했지. 그렇게 몇 주가 지나갔고, 그는 점점 더 노골적으로 나왔어. '얘기'나 좀 하자면서 툭하면 어머니를 한구석으로 몰았어. 넌 가난하고 난 부자라고, 나는 왕이라고. 나와 결혼하는 게 이치에 맞다는 걸 너도 알 거라고."

"진짜 끔찍하다. 그리고 멍청하다."

"괴물이라니까."

"맞아." 내가 대답했지만, 페르세우스가 그 단어를 사용하지 않았으면 좋겠다고 생각했다.

"어머니는 폴리덱테스의 결혼 요구를 거절했지만, 달라지는 건 하나도 없었어. 어머니는 쫓겨 다녔고 그럴수록 폴리덱테스의 욕망은 커져만 갔지. 어머니에게 너무 까다롭게 군다고 했어. 자기가 이렇게 집착하게 된 건 어머니가 자길 무시했기 때문이라면서."

"내 말이 그거야." 내가 말했다. "그냥 무시해버리는 건 불가능해. 그런 사람들은 무시당하는 걸 못 참아."

"그러게." 페르세우스가 말했다. "어머니는 외출도 하지 않았어. 그런데 왕은 계속 사람을 보냈지. 어머니는 식욕까지 잃었고, 난 어떻게 해야 할지 모르겠더라."

다나에가 어떤 심정이었을지 굳이 상상해볼 필요도 없었다. 자기만의 공간이, 자신이 발 딛고 있는 자그마한 영역이 폴리덱테스라는 남자에 의해 조금씩 침범당하고 있었다. 나는 그 기분을 너무도 잘 알았다.

"난 어떻게든 도우려 노력했지만 어머니는 내가 연루되는 걸 원치 않았어. 이건 자기 문제라면서. 하지만 당연히 내 문제이기도 하잖아." 페르세우스가 말했다.

"엄밀하게 말하면, 페르세우스, 그건 폴리덱테스 왕의 문제야."

"맞아. 하지만 왕이 달라질 리는 없으니까. 그래서 내가 문제를 해결하겠다고 했어. 어머니는 그동안 겪어봐서 세상이 어떻게 돌아가는지 너무 잘 안다면서, 나는 어른이 되기 전 마지막 시간을 걱정 없이 즐겼으면 좋겠대. 이 일에 나서지 말고."

"참 좋은 분이다."

"맞아. 어머니가 보고 싶어."

"돌아가서 보면 되잖아, 페르세우스."

"메리나, 그럴 수가 없어! 그게 문제야." 페르세우스의 목소리에서 긴장이 느껴졌다. "……일을 끝내기 전엔 돌아갈 수가 없어."

"어떤 일?"

"곧 얘기해줄게. 어쨌든, 어머니에게 가난하다고 한 폴리덱테스의 말은 옳았어. 십칠 년 전 궤짝에 갇혀 떠내려온 신세라 여전히 돈 한 푼 없었으니까. 어머니 같은 상황에 처한 여자가 희망을 걸어볼 유일한 무기가 있다면 바로 돈일 텐데 말이야. 돈이 있으면 경호원을 구하거나 성에서 벗어날 수도 있었겠지. 하지만 우린 빈털터리였어."

"그래서 어떻게 했어?"

"어머니는 자신에게 다른 종류의 자산이 있다는 사실을 받아들였어. 바로 나. 내가 진심으로 돕고 싶어한다는 걸 알았지. 폴리덱테스에게서 유독, 음, 심하게 불쾌한 전갈을 받은 뒤로는 어머니도 절박해졌어. 그래서 내가 나서서 얘기해보겠다는 제안에 동의했지."

페르세우스의 목소리가 가라앉았다. 일이 좋은 결말로 이어지지 않았음을 알 수 있었다. "그래서…… 얘길 해봤어?" 내가 물었다.

"곧바로 하진 않았어. 일단 몸을 만들어야겠다고 생각했거든. 그래서 운동을 시작했어."

"페르세우스……."

"메리나, 너만 네 모습을 숨기고 살아야 했던 건 아니야. 어머니는 짐승을 상대하려면 짐승의 가면을 써야 한다고 했어. 그래서 난 근육을 키웠어. 몸집을 불리고 강해진 모습으로 돌아다녔지. 그랬더니 새로운 세상이 열린 것 같았어. 전혀 알지 못했던 세상이."

"무슨 뜻이야?"

"거의 모든 사람이 내가 강한 남자처럼, 미완의 영웅처럼 행동하길 원했어. 사람들이 길을 터주기 시작했지."

"내가 하려던 말이 바로 그거야! 남자로 사는 건 분명히 여자와는 다른 점이……."

"맞아, 나도 알아, 하지만 난 빗장을 잠근 문처럼 어머니를 지키고 서 있어야 했어. 어머니는 그걸 싫어했고, 나도 싫었지. 하지만 나의 출현이 말 그대로 어머니에게 힘을 실어주었어. 나는 내게 주어진 역할을 수행했어. 하인들을 함부로 대해도 아무도 뭐라 하지 않았어. 내가 얼마나 기량이 뛰어난지, 얼마나 폭력적인지 떠벌리고 다녔지. 모두가 내 말을 믿더라. 심지어 존경하기까지 했어. 사실 전쟁에 나간 적도 없고 사람을 죽인 적도 없지만, 사람들은 내 말이 진실이라고 생각했지. 나를 무시무시한 힘을 가진 남자로 여겼어. 다 교묘한 속임수였을 뿐인데 말이야. 궁전의 모든 여자와 함께 춤췄지만 난 사실……."

"사실……?"

"동정을 지키고 있었거든."

나는 드리아나를 생각했다. 올리브 숲에서 촛불 아래 보낸 밤이 그리 많지 않은 모양이었다. 딱히 이유를 설명할 수는 없지만 왠지 그 사실이 서글펐다. "동정을 지킨 게 잘못은 아니잖아."

"알아, 메리나." 그가 말했다. "하지만 얘기의 핵심은 그게 아니야."

좋은 지적이군.

"다 거짓말이었어. 나라는 인간 자체가 거짓말이었다고." 페르세우스가 말을 멈추었다. "오, 하데스 신이시여! 내가 이런 얘기까지 하고 있다는 게 믿기지 않아. 누구한테도 한 적 없는 얘기야."

"얘기해줘서 기뻐." 내가 말했다. "그 심정 이해해. 너하고 같이 있으면 나도…… 내 본래 모습에 가까워지는 것 같아."

아치문 바위를 돌아 그에게 다가가고 싶었다. 하지만 메두사, 그다음엔 어쩔 건데? 화를 입을지어다……. 나는 바위에 몸을 딱 붙인 다음 눈을 감고 다시 태어난 페르세우스를, 가면을 쓰고 세리포스의 여인들을 향해 미소 짓는 모습을 떠올렸다. "그 방법이 통했어? 결국 폴리덱테스가 어머니를 가만히 내버려 두었어?"

"어떻게 보면 그랬지. 그러다가 운명의 날이 왔어. 폴리덱테스는 나를 먼 곳으로 보내버리고 싶어했어. 어머니 머리카락 하나라도 건드리면 죽여버리겠다고 했거든. 왕을 협박하는 건 사형에 처할 죄인데도."

"용감하다."

"아니면 멍청했거나. 하지만 그때 난 어머니를 위해서라면 무슨 짓이든 할 수 있었어. 그리고 놀랍게도 협박이 통했어. 폴리덱테스가 물러선 거야. 진짜 겁에 질린 것 같더라. 그때 나는 어머니가 이미 알고 있던 비밀을 하나 알게 되었지. 폴리덱테스가 어머니의 거절은 받아들이지 않았을지라도, 남자가 하는 말이라면 듣는다는 것. 심지어 그 남자가 속으로는 바들바들 떨고 있는 어린 남자여도 상관없었어."

그가 조용해졌다. 우리 머리 위로 갈매기들이 모여들었다. 우리는 몇 시간째 얘기를 나누고 있었다. 어느덧 황혼이었고 하늘은 라벤더 빛깔로 물들었다. 그 순간 나는 페르세우스에게 친밀감을 느꼈다. 이 얘기를 털어놓기가 얼마나 힘들었을까. 이런 얘기를 들려주다니, 내가 운이 좋다는 생각마저 들었다.

"여기서 잠깐 멈추자." 내가 말했다. "미안해. 언니들 때문에."

"하지만 아직 내가 왜 여기 왔는지는……."

"해가 지고 있어, 페르세우스."

"그래서?"

"언니들이 곧 돌아와."

"왜 그렇게 언니들을 신경 써? 내가 왜 세리포스를 떠나야 했는지는 아직 얘기하지도 못했잖아."

"스테노와 에우리알레에게는 날개가 있거든." 내가 우물거렸다.

우리는 서로 속마음을 털어놓던 터였다. 너무도 친밀했고, 너무도 편안했다. 그러다 보니 미처 생각할 겨를도 없이 그 말이 튀어나왔다.

"날개?" 그가 말했다.

"응. 언니들에겐 날개가 있어. 그래서…… 날 수 있어." 내가 쓸데

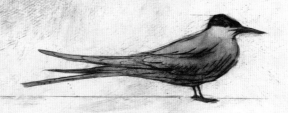

없이 덧붙였다.

페르세우스가 웃었다. "네가 그렇다면 그런 거겠지."

"정말이야. 정말 날 수 있다니까!"

"처음엔 불멸이라더니, 이젠 날개가 있다고 하네. 이 섬이 좀 이상하단 생각은 들더라."

"언니들이 너를 해칠지도 몰라."

"나를 왜?"

"알고 나면 싫어질 거라고 분명히 말했잖아."

"너도 날 수 있어?" 페르세우스가 물었다.

그의 목소리에서 불안감이 배어났다.

"아니, 그건 아니야. 난…… 평범해. 말했잖아."

"다행이다."

"난…… 있잖아, 페르세우스. 어서 동굴로 들어가. 내일 다 말해줄게. 약속해. 우리 약속했잖아. 그렇지?"

"넌…… 나를 해치지 않을 거지?" 페르세우스가 물었다. 말투가 꼭 어린아이 같았다.

"물론이지." 내가 말했다. "왜 그런 생각을 해?"

네가 좋다고 말하고 싶었다. 지난 십팔 년 동안 만난 그 누구보다도 네가 좋다고.

"미안. 해치지 않을 거란 거 알아. 그냥…… 여기서 난 혼자니까."
페르세우스가 말했다.

"넌 혼자가 아니야. 내가 있잖아. 그냥 언니들 눈을 피해 있어. 그럼 괜찮을 거야."

"둘에게는 왜 날개가 있어?"

나는 밤의 변방에서 아테나와 조우한 순간을 떠올렸다. 내 머리에서 뱀이 돋아나고, 바닥에 몸을 웅크리고 있던 스테노와 에우리알레가 고르곤으로 변하던 그 순간. 페르세우스의 질문에 답을 하려면 그 어느 때보다 나를 많이 드러내야 했다. 과연 그럴 수 있을까. 자신이 없었다. "넌 혼자가 아니야, 페르세우스." 내가 다시 한번 말했다. "내가 여기 있잖아."

그다음에 내가 왜 그런 행동을 왜 했는지 모르겠다. 바위 뒤로 손을 뻗어 그의 손을 잡다니. 너무 한심했다. 어쨌든 나는 그렇게 했다. 짜릿한 기분이었다. 페르세우스는 몸이 굳었지만, 나는 그의 손을 더욱 꽉 잡았다. 그 행동이 마법처럼 우리 두 사람을 지켜줄 거란 듯이.

그다음에 페르세우스가 왜 그런 행동을 했는지 아마 본인도 몰랐을 것이다. 그는 나의 손을 자신의 입술로 가져가 입을 맞췄다. 입을 맞추고 또 맞췄다. 나의 손가락에, 손목에, 팔뚝 안쪽 부드러운

속살에. 나는 눈을 감았다. 그 순간 그늘진 배 갑판과 그 위에 있던 칼끝이 눈앞을 스쳤다. 혹시 지금 언니들이 나타나면 어쩌지? 하지만 둘은 나타나지 않았다. 신들은 처음으로 내게 친절했다. 우리는 바위를 사이에 두고 양쪽에 서서, 맞잡은 손을 어둠 속 불빛 삼아 영혼의 창문을 열었다.

CHAPTER

7

처음에 그는 그저 그림자였지만, 이제 자신의 존재를 내게 알리려 한다. 나는 배를 타고 밤의 변방 앞바다에 나와 있다. 아르젠터스가 내 곁에 있고, 언니들은 내 머리를 장식할 진주를 캐려고 바다에 들어가 해초를 헤집는 중이다.

틀림없는 그였다.

그가 아니면 누구겠는가, 마흔 마리의 고래와도 같은 저 거대한 존재가.

"스테노? 에우리알레?" 둘을 불러보지만 정적뿐이다.

그의 그림자가 위로 솟구치더니 흔들리는 형체가 배 밑 쪽에서 부풀어 오른다.

포세이돈. 바다의 아버지가 물 밑에서 나를 지켜본다.

아르젠터스는 겁에 질린다. 야윈 등에 난 털이 하나도 남김없이 곤두선다. 포세이돈, 그 무시무시한 신이 물속에서 유영하자 아르 젠터스는 이리저리 뛰며 배를 뒤흔든다. 뼛속까지 두렵다. 저 물속 의 검은 그림자. 대체 뭘 원하는 걸까? 왜 그만 떠나지 않을까?

아르젠터스는 웅크리고 있는 나를 지키려 애쓰지만 역부족이다. 원하는 것이 있을 때 포세이돈은 결코 포기하지 않는다. 바람이 고 요해진다. 포세이돈이 시간을 정지시킨 것처럼.

"나를 보아라." 그가 말한다.

바다의 포효를 머금은 섬뜩한 소리. 등골을 스치는 상어 지느러 미 같은 그 거친 소리가 나의 마지막 숨마저 앗아간다.

그러나 나는 그를 보지 않을 것이다. 그가 내쉰 숨을 마시지 않을 것이다.

"거역하느냐, 메두사?" 그가 호통친다.

그가 나의 이름을 안다. 이름을 어떻게 알지? 두려움에 휩싸인 나는 완전히 이성을 잃는다. 그러나 그는 바다의 아버지, 열네 살 여자애는 그를 이길 수 없다.

"메두사, 마지막 경고다." 그가 말한다.

나는 여전히 고개를 들지 않는다. 그것이 내가 행사할 수 있는 유일한 권력이다. 실수하는 거라고 말할 사람도 있겠지만 상관하지 않는다. 신이 자기를 보라고 했다고, 꼭 봐야 하는 건 아니다.

거친 물소리에 고개를 돌린다. 오, 하데스 신이시여! 거대한 파도가 내 쪽으로 달려온다. 해일이라고 해야 할까, 아니면 물로 만든 벽이라고 해야 할까. 어쩌면 죽음이라고 말할 수도 있으리라. 그 반대편에는 또 다른 두려움이 있다. 포세이돈, 그의 가슴은 바위와 같고, 그의 배는 고래의 기름과 같다. 번득이는 눈은 상어조차 함부로 지나가지 않는 검은 바다와 같다. 나는 두 갈래의 악몽 사이에 있다.

"죽고 싶은가, 메두사?" 바다의 신이 포효한다. "너의 개가 죽기를 원하는가?"

"아닙니다!"

"파도를 멈춰줄까, 메두사?"

"네!"

"그렇다면 내가 원하는 건 뭐든 하겠다고 약속해라."

나는 다시 한번 해일을 돌아본다. 하늘이 거대한 해일 뒤로 사라졌다. 어떻게 하늘이 사라질 수 있을까. 신이 화가 나면 무슨 일이든 일어날 수 있다.

물이 산처럼 다가온다. 주위에 온통 물고기뿐이다. 인어들이 거

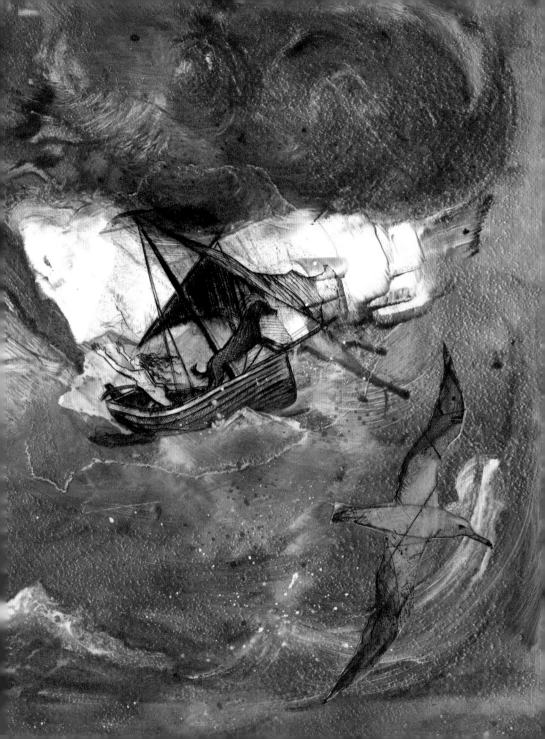

센 물살에 치여 고통의 비명을 지른다. 포세이돈의 힘이 그들의 허리를 꺾고, 그들의 완벽한 지느러미가 신의 힘에 굴복한다. 아르젠테스는 배 안에서 버둥거린다. 배에서 뛰어내리고 싶은 마음이 간절해 보이지만, 두려워서 차마 그러지 못한다. 우리가 곧 죽으리란 걸 나는 안다.

"약속합니다." 온갖 소음 속에서 내가 외친다.

"뭐든?" 포세이돈이 소리쳤다.

"뭐든."

그 순간, 해일이 잦아든다. 나는 죽지 않았다. 온 세상이 고요하다.

내가 무얼 잘못했을까?

메두사, 넌 아무것도 잘못한 게 없어. 열네 살의 나에게 말을 건넨다. 나를 봐.

그 애는 나를 보려 하지 않는다. 겁을 낸다.

나를 봐. 난 너를 보는 게 두렵지 않아! 내 얘기를 들어. 메두사, 내 말 듣고 있어?

"내가 뭘 잘못했냐고!" 어두컴컴한 동굴에 대고 외치며 잠에서 깨어났다. 식은땀이 흘렀다. 바닥에서 몸부림치며 비명 지르는 나를 깨우려고 스테노가 팔을 붙잡고 흔들고 있었다. "아가, 괜찮니?" 스테노가 물었다. "메두사, 내 말 들려? 악몽을 꿨나 봐. 넌 잘못한

게 없어. 아무것도 잘못한 게 없다고."

"여기가 어디야?" 내가 물었다. 그 순간 기억이 되살아났다. 나는 더는 열네 살이 아니었다. 열여덟 살이었다. 그리고 예전의 삶, 그러니까 포세이돈과 배, 밤의 변방에서의 삶은 사라진 지 오래였다.

동굴 입구로 여리고 푸르스름한 햇살이 스며들었다. 어느덧 아침이 밝아오는 모양이었다.

"또 그 꿈?" 스테노가 나지막이 물었다.

"응."

"이젠 다 지나간 일이야."

그렇다면 왜 나는 아직도 내가 했던 약속의 꿈을 꾸는 걸까? 스테노에게 묻고 싶었지만 묻지 않았다. 스테노는 대답할 수 없을 테니까. 스테노가 흐느껴 우는 나를 꼭 끌어안았다. 어머니처럼 나를 사랑하는, 따뜻한 나의 언니.

기억은 축복이면서 또한 저주다. 나쁜 기억도 지울 수 없다. 하지만 후회 없는 삶이란 제대로 살지 않은 삶뿐. 무엇을 어떻게 기억하느냐, 그것이 당신을 당신답게 한다. 당신에겐 선택의 여지가 있을 수도 있고 없을 수도 있다. 그러나 바다의 신 포세이돈이 높이 솟아 별빛을 가리고, 내 살갗을 찬 공기로 뒤덮고, 나를 주시하며 두렵게

하던 장면을 지울 수만 있다면, 나는 주저 없이 그렇게 할 것이다.

"오늘은 우리가 네 곁에 있어야겠다." 수평선에 첫 햇살이 번져나갈 때 스테노가 말했다.

나는 페르세우스를 떠올렸다. 바위를 사이에 두고서라도 그를 만나고 싶어 죽을 지경이었다. 그렇게 고귀한 사람 가까이에 있으면, 그것만으로도 햇살보다 따스한 기운이 나를 지켜줄 것만 같았다. 그는 어딘가 다르다는 걸 언니들에게 어떻게 설명할 수 있을까. 그와 나는 수많은 공통점을 지닌 친구라는 걸. 나는 페르세우스가 왜 이곳에 왔는지 궁금했고, 내가 왜 이곳에 있는지 말하고 싶었다. 우리의 운명이 얽혀 있다고 믿어 의심치 않았다.

"그럴 필요 없어." 나는 애써 밝은 목소리를 꾸며냈다. "아르젠터스가 있잖아. 그리고 우린 먹을 게 필요해."

에우리알레가 날아와 내 곁에 무릎을 꿇었다. "메두사, 꿈 때문에 괴로워하지 마. 힘들다는 건 우리도 알지만……."

"그게 어떤 기분인지 언니는 전혀 몰라. 언니는 우리에게 일어난 일을 게임 정도로 생각하고 있잖아."

"인생은 게임이야, 메두사." 에우리알레가 답했다. "그리고 너도 그 게임을 할 수 있어."

"나도 게임을 할 수 있다고?" 내가 말했다. "난 이 게임의 규칙이 마음에 안 들어. 솔직히 내가 보기엔 규칙 자체가 없는 것 같아. 규칙이 있다면 삶이 공평했겠지."

"아가, 넌 특별해." 에우리알레가 말했다. "너한텐 규칙이 적용되지 않아. 나와 스테노한테도 마찬가지고. 이 섬에서 우린 우리가 원하는 방식으로 살고 있어."

에우리알레의 눈에는 내가 특별할지 몰라도, 내 마음은 다른 평범한 인간들처럼 고통과 갈망의 희생양일 뿐이었다. "나한테 일어난 일이 무슨 자랑거리라도 된다고 생각하는 모양인데." 내가 말했다. "그건 끔찍한 일이었어. 평범한 머리칼이 있던 자리가 뱀의 보금자리가 되면 어떤 기분일 것 같아?"

"얘." 에우리알레의 인내심이 서서히 바닥을 보였다. "넌 이 세상 어떤 여자와도 달라. 그걸 즐겨야 해."

"싫어. 모두가 나를 두려워해. 나는 이런 육체의 감방에 갇혀 평생을 살아야 하고. 그걸 어떻게 즐겨?" 에우리알레의 무심한 표정을 보니 더 화가 치밀었다. "언니라면 오징어 다리만큼도 신경 안 쓰고 즐길 수 있겠지. 하긴, 언니는 불멸이니까. 사랑이 뭔지 알 턱도 없지."

"말이 너무 심하다, 메두사." 스테노가 말했다.

"거기서 사랑 얘기가 왜 나와?" 에우리알레가 눈을 가늘게 떴다.

"외모가 별난 게 좋은 일인 것처럼 말하잖아." 나는 고통을 분노로 감춰보려고 씩씩거렸다. 너무 멀리 갔다. 이 섬에서 우리는 한 번도 사랑 얘기를 한 적이 없었다. 나는 손가락으로 머리를 가리켰다. 뱀들이 송곳니를 드러내며 사방으로 몸을 뻗었다. "이건 좋은 일이 아니야. 난 흉측하다고. 난 그저 평범하고 싶어!"

동굴 벽에 비명이 부딪히며 울려 퍼지자 둘은 귀를 막았다. 에코, 칼리스토, 아르테미스, 다프네를 포함한 모든 뱀들이 고통스러운 당혹감에 동요했다. 동굴을 지탱하는 바위가 흔들렸고 아르젠터스가 도망쳤다.

"아테나가 너를 선택한 거야!" 에우리알레가 소리쳤다.

"포세이돈이 그랬던 것처럼?" 내가 소리쳤다.

"그 괴물은 잊어버려! 사랑은 바보들이나 하는 게임이야. 명심하는 게 좋을걸." 에우리알레가 말했다.

"아가." 스테노가 말했다. "넌 절대 흉측하지 않아. 넌 우리의 메두사야. 넌 태어난 그날처럼 여전히 아름답고……."

"그땐 아름다움을 원하지도 않았어. 지금은 원해도 가질 수 없고." 내가 으르렁거리듯이 말했다. "나를 좀 내버려 둬. 둘 다. 어서 가란 말이야!"

한 명은 슬픔에, 또 한 명은 분노에 휩싸여 고개를 떨어뜨린 채

동굴을 나섰다. 날개를 펼치는 소리가 들렸고 이윽고 두 몸이 하늘로 솟아올랐다. 내가 내 몸을 싫어하는 만큼이나 둘은 사랑해 마지않는 그들의 몸. 그 당당함이 너무도 부러웠다. 나의 뱀들이 머리를 빙 두른, 벌겋게 달궈진 부지깽이들처럼 느껴졌다. 나는 갇혔다. 결코 벗어날 수 없었다.

메리나가 될 수 있다면 얼마나 좋을까. 물고기를 구워주고, 남자들이 곁에 머물며 얘기를 나누고 싶은 여자가 될 수 있다면. 평범한 머리카락을 가진 메리나가 될 수 있다면. 그러나 나는 그런 여자가 아니었다. 나는 메두사였다. 괴물이었다. 숨어 사는 존재였다. 내가 결코 꿈꾸지 않던 것들의 집합체였다.

동굴에서 울려 퍼진 고함에 페르세우스가 도망친 모양이었다. 그의 기척이 느껴지지 않았다.

이럴 줄 알았어. 고작 그 정도 소음에 겁을 집어먹다니. 하지만 그럴 수 있을 것 같았다. 그는 힘든 시간을 보냈다. 그 정도는 이해해줘야 했다.

솔직히, 나도 내가 좀 무서웠다. 에우리알레가 내게 불러일으킨 분노는 놀라웠다. 나의 이상한 가족에 관해 조금 더 알게 된 페르세우스가 돌아오지 않을까 봐 두려웠다. 그가 이 섬에 온 뒤로 모든 것이 흔들렸다. 그는 그동안 내가 겪은 일과, 예전에 누렸지만 더는

114

누릴 수 없는 것의 기억을 전부 되살렸다. 만약 내가 잠겨 있는 상자라면 페르세우스가 상자의 열쇠를 찾아줄 수도 있지 않을까.

손등에 입맞춤 몇 번 했다고 이렇게까지 감정이 깊어지다니! 안다, 말이 안 된다는 걸. 하지만 생각해보기를. 아주 오랫동안 나의 삶은 평탄치 않았고, 페르세우스가 이곳에 도착한 이후 시간이 액체로 변한 것 같았다. 그와 나는 겨우 백 년쯤 사는 인간이었고, 아직 어렸다. 나는 사랑을 꿈꿨다. 사랑이 찾아왔다고, 그 사랑이 손 내밀면 닿을 거리에 있다고 믿었다. 빨리 그를 보고 싶어 미칠 지경이었다. 어쩌다가 나의 소박한 바닷가로 흘러들었는지 알고 싶었고, 그도 그 얘기를 하고 싶어한다는 사실을 알았다.

나는 동굴을 정돈한 다음 섬 반대편으로 산책을 가기로 했다. 그가 알지 못하는 숨겨진 길로, 누구에게도 방해받지 않고 자유롭게 걷고 싶었다. 생각을 정리해야 했다.

아치문을 나서는데 절벽 아래에서 오레이도가 짖는 소리가 들렸다. 전망대 바위로 살금살금 다가가 보니, 혼란스럽게도 페르세우스가 다시 배 갑판에 서 있었다. 이제 떠나려나 보네. 전혀 상관하지 않는다는 듯이 칼리스토가 거만하게 똬리를 틀었다. 그러나 페르세우스는 닻을 올릴 것 같지 않았다. 통나무에 걸터앉아 샌들 한 켤레를 만지작거리고 있었다. 짜증이 난 것 같았다.

"오레이도, 이건 나한테 맞지도 않아." 그가 말했다. "대체 나한테 왜 이런 걸 줬어? 그냥 내 샌들을 신으면 안 돼?"

뭐가 안 맞는다는 건지 궁금했다. 그는 신으려다 만 샌들을 던지지 않고 조심스럽게 내려놓았다. 마치 유리로 만들어져서 깨질지도 모른다는 듯이. 그제야 샌들에 달린 날개가 보였다. 끝부분이 엷은 분홍빛인, 희고 아름다운 날개였다. 스테노와 에우리알레의 먹구름 색 날개와는 달랐다. 비둘기 깃털처럼 보드라워 보였지만, 내가 상상할 수 없는 생명체로부터 뽑아낸 털 같았다.

다프네가 유독 호기심을 느끼며 내려다보았다. 다프네는 아름다운 것이라면 무조건 사랑했다. 나머지 뱀들은 몸을 꿈틀거렸다. 샌들이 마음에 들지 않는 눈치였다.

괜찮아, 내가 뱀들을 다독였다. 봐, 페르세우스도 저 샌들을 안 좋아하잖아.

사실이었다. 페르세우스가 결국 훨씬 낡은 샌들을 흡족해하며 신었기 때문이다. 나는 그 샌들이 마음에 들었다. 단정하면서도 실용적이었고, 멋스러우면서도 독특했다. 제 주인처럼. 페르세우스가 오레이도에게 대답을 기대하는 듯이 말을 거는 방식도 마음에 들었다.

페르세우스의 모든 게 마음에 들었다. 무작정 그가 좋았다.

그가 염소 가죽 아래에서 칼을 꺼내 들었다. 그제야 그 칼을 제

MEDUSA
THE GIRL BEHIND THE MYTH

대로 볼 수 있었다. 거대했다. 햇살 속에서 칼이 갑판을 황금빛으로 물들였다. 그가 들기에 상당히 무거워 보였다. 칼날은 곧고 강하고 정직했으며, 얼마나 날카로운지 오직 신만이 그렇게 날카로운 칼을 만들 수 있을 것 같았다. 페르세우스가 가까스로 칼을 들었다. 칼자루 한복판에 루비가 박혀 있었다. 내가 있는 곳에서는 반짝이는 핏방울처럼 보였다.

그 칼을 바라보고 있자니 왠지 불안해졌다. 이상하게 친근하지만, 최근에 꾼 꿈의 변두리에나 존재하던 무언가를 바라보는 기분이었다. 페르세우스는 칼을 잡는 폼이 영 어정쩡했다. 아직 준비는 안 되었지만 열의는 넘치는 전사 같았다. 그가 칼을 내려놓더니 이번에는 투구를 꺼내고는, 금방이라도 폭발할지 모른다는 듯 두 손에 들었다. 그러다가 투구를 갑판에 내려놓고는 다시 염소 가죽 밑에 손을 넣어 반짝이는 방패를 꺼냈다. 무기가 끝도 없이 나왔다.

나는 그 방패에 매혹되었다. 당연히 다프네도 그랬다. 방패는 샌들보다 더 아름다웠다. 다프네는 그 방패를 원했고 나도 그랬다. 바위 뒤에 숨은 우리 모두, 뱀이건 사람이건 할 것 없이 방패를 원했다. 하늘에서 떨어진 달처럼 매끄럽고 둥근 방패였다. 달의 신 셀레네가 바다를 축복하려고 배에 강림한 듯했다. 칼 옆에 있으니 방패는 너무도 순수했고, 그 어떤 나쁜 의도도 품은 것 같지 않았다.

118

나와 페르세우스. 달과 해, 은과 금. 그에게 왜 칼과 투구와 방패가 필요할까? 왜 이런 무기로 무장하려 할까? 무기를 휘두르기에 그는 너무 어렸다. 나에게 일어난 일을 겪어내기에 내가 너무 어렸던 것처럼. 마치 우리 몸이 진귀한 금속이라 세게 담금질하면 무기가 될 수 있다는 듯이.

"페르세우스!" 여전히 바위 뒤에 숨은 채 내가 소리쳤다. 그는 몰래 장난감 상자를 뒤지다가 들킨 아이처럼 화들짝 놀랐다. 잘못을 드러내는 증거들이 그의 주위에 널려 있었다.

"좋은 아침이야, 메리나." 그가 무기를 전부 염소 가죽 아래로 밀어 넣었다.

"전쟁터라도 나가?"

그가 웃었다. "그럴 일 없기를 바라."

"부디 없기를."

"네 언니들 있어?"

"사냥 갔어. 항상 아침 일찍 나가서 해 질 무렵에 돌아와."

"아." 절벽 위에서도 그가 안도하는 것이 느껴졌다. "바닷가로 산책 가려던 참이었는데, 같이 갈래?"

"지금은 안 돼." 내가 대답했다. "너한테 할 얘기가 있어."

CHAPTER

8

우리는 늘 앉던 대로 아치문 바위를 사이에 두고 양쪽에 앉았다. 살갗에 닿는 붉은 돌이 따스하게 느껴졌다. 오늘로 겨우 세 번째 만남인데 등을 맞대고 앉는 게 어느덧 익숙했다. 커다란 바위가 사이를 가로막고 있긴 하지만.

우리는 선물을 기다리는 아이처럼 설레는 마음으로 앉았다. 페르세우스가 배에서 내려 동굴 쪽으로 난 길을 달려오는 모습을 보니 왠지 뭉클했다. 밤의 변방에서 마을 사람들은 우리를 버렸다. 이번에도 똑같은 일이 일어날 수도 있다. 이런 모험을 하는 내가 어리석은 걸까? 그럴 수도 있지만, 위험을 감수할 수밖에 없었다. 여긴 너무도 외진 섬이고, 어쩌면 다시는 페르세우스 같은 사람을 만나지 못할지도 모른다.

눈을 감고 내가 한 말을 받아들이는 그의 모습을 상상했다. 두 팔로 나를 따스하게 감싸고, 두 손으로 내 얼굴을 붙잡은 다음, 내게 입맞춤을…….

안 돼, 메두사. 아테나의 말을 기억해. 속으로 생각했다.

"하고 싶은 말이 있다고?" 바위 너머에서 페르세우스가 말했다.

"응, 그런데 어떻게 얘기해야 할지 모르겠어."

"뭐가 문제인데?"

"포세이돈에 대해 얼마나 알아?" 내가 말했다. "너를 바다에서 구해준 것 말고?"

"잘 몰라. 아마 포세이돈은 나의 아버지를 도우려 했을 거야. 어머니와 함께 세리포스 섬으로 떠내려간 이후엔 한 번도 못 봤어."

"나도 포세이돈을 만났어." 나는 괴로움을 다스리려 애썼다. "열네 살 때."

"너를 망가뜨린 신이 포세이돈이었어?"

"포세이돈이 나에게 관심을 보였어. 제우스가…… 네 어머니에게 관심을 보였던 것처럼."

"아." 잠시 침묵이 흘렀다. "그랬구나."

"응. 하지만 난 그와 거래하고 싶지 않았어. 난 나의 삶이 좋았거든. 내 삶을 사랑했어. 밤의 변방에서 난 행복했지. 하지만 포세이돈에게 그런 건 중요하지 않았어. 그는 나를 가만히 내버려 두질 않았고, 약속을 받아낼 때까지 나를 협박했어."

"약속? 어떤 약속?"

"그냥 약속." 내가 서글픈 목소리로 말했다. "어떤 약속인지는 나도 몰랐어. 단지 그가 원하는 건 뭐든 하겠다고 약속했어."

"메리나, 약속을 할 땐 좀 구체적으로 했어야지."

"페르세우스, 포세이돈이 나를 죽이겠다고 협박했어."

"뭐?"

"태풍을 일으키고, 약속하라며 익사시키려 했다고."

눈을 감고 내 안에서 일어나는 성난 파도를 느꼈다. 잿빛으로 어두워지는 하늘과, 지옥의 망토를 드리운 듯 빛을 잃고 사라지는 별들을 보았다. "그래서 나와 아르젠터스를 살려만 준다면 뭐든 하겠다고 했어."

"그랬구나." 페르세우스가 나지막이 말했다.

"포세이돈은 그제야 태풍을 가라앉혔어. 그 뒤로는 내가 낚시할 때마다 따라왔어. 처음에 언니들은 그냥 무시하라고, 그러다 말 거라고 했지만 포세이돈은 멈추지 않았지. 낚시하러 나가면 항상 그가 있었어. 항상. 난 열네 살이었는데, 어찌나 오래 시달렸는지 마치 아흔 살은 된 듯한 기분이었어."

"그럼 낚시를 그만뒀어야지."

"왜 내가 좋아하는 일을 그만둬야 해? 포세이돈이 나타나지 말았어야지. 나를 쫓아다니지 말았어야지!"

"하지만…… 하긴 그래." 그가 말했다. "좋아. 네 말이 맞아."

"난 고집이 센 편이야. 난 완성되지 않은 지도야. 항상 내가 원하는 것을 분명히 말하지. 다른 사람이 나 대신 결정하는 게 싫어. 그건 내 배였어, 페르세우스. 내 삶이었다고. 그런데 저 깊은 바다에 포세이돈이 나타나서 내 앞에 떡 버티고 선 거야." 내가 몸서리를 쳤다. "그의 그림자가 나타나 점점 커지면서 내 배 쪽으로 다가왔어. 수면 위로 올라오진 않았지만 항상 거기 있었어. 계속 주위를 맴돌았지. 가끔 등을 돌리고 앉아 있으면 누가 머리카락을 잡아당기는 것 같았어. 그런데 뒤를 돌아보면? 아무것도 없어. 포세이돈에게 목숨을 살려주는 대가로 뭐든 하겠다고 약속했지만, 어차피 그가 하루하루 내 생명을 갉아먹고 있었지."

"그래서 어떻게 했어?"

"낚시를 그만두었다고 하면 넌 후련하겠지?" 내가 말했다. 페르세우스의 한숨 소리가 들렸다. "바다로 나가는 게 더는 즐겁지 않았어. 아르젠터스가 배를 타려 하지 않아서 언니들이 물고기를 잡으

려고 바다에 들어가면 나 혼자 배에 앉아 있어야 했지."

"포세이돈이 둘은 괴롭히지 않았어?"

"응. 하지만 걱정됐어. 내가 조그만 배에 표적이 되어서 앉아 있는 동안, 스테노와 에우리알레는 바닷속에 포세이돈과 함께 있었으니까. 에우리알레는 자기들은 앞가림을 할 수 있는 어른이고 불멸의 존재이니 괜찮다고 했지만, 상대는 포세이돈이었어. 그가 무슨 짓을 할지 누가 알겠어? 포세이돈은 미쳤어. 마을 사람들이 내가 허영심이 지나치고 너무 아름답다는 이유로 바닷가를 산책할 자유를 빼앗더니, 이제 포세이돈이 나타나 마지막 남은 자유마저 빼앗으려 했어. 나는 더는 나의 주인이 아니었어. 포세이돈이 나의 주인이었어."

"그래도 뭍에서는 안전했잖아." 페르세우스가 말했다.

웃지 않을 수 없었다. "포세이돈이 포기했을 거란 생각은 너도 안 하는구나?"

"아."

"포기 안 했어. 다시 폭풍을 일으켰지. 아주 거대한 폭풍을. 강물이 불어 넘치고, 들판에 홍수가 나서 작물을 망쳤어. 큰 바다에서 얕은 바다로 들어오는 물고기가 줄고 마을 사람들이 굶주렸지. 포세이돈은 마을 사람들에게 내가 '약속'을 지키면 멈추겠다고 했어. 내가 포세이돈을 꾀어낸 거라고, 이웃 여자 알렉토가 말하더라. 내가 바다에 나가서 배 가장자리에 앉아 있더라고. 몸을 다 드러내고 포세이돈을 유혹해놓고는 원하는 걸 주지 않았대. 약속을 지키지 않아서 마을 사람들이 굶주리는 거래. 나 같은 애들은 늘 그렇게 변덕을 부린다고. 내가 포세이돈을 약 올린 거라고."

"하지만 넌 그러지 않았잖아!"

"물론 안 그랬지. 난 그저 그곳에 있었을 뿐이야. 폴리덱테스가 괴롭힐 때 네 어머니가 그저 그곳에 있었을 뿐이었던 것처럼. 하지만 포세이돈은 그걸 전부 내 잘못으로 만들었어. 내가 무슨 짓을 했다고! 마을 사람들에게 막 소리를 질렀어. 정말 화가 났거든, 페르세우스. 그런 분노는 느껴본 적이 없었는데, 내가 나에게 주는 선물처럼 분노가 안에서 자라났어. 스테노는 항상 나에게 예의 바르게 행동하라고 말했지만, 그렇게 행동해서 얻은 게 뭔데? 하고 싶지도 지키고 싶지도 않은 약속만 하게 됐잖아. 너 때문에 모두가 고생한다고, 이웃에 살던 레오데스가 말하더라. 알렉토는 나를 바다로 내보내야 한다고 했어. 내보내서 월척을 낚아야 한다고. 포세이돈이 원하는 걸 주면 자기들을 가만히 내버려 둘 거 아니냐고. 그러고는 나한테 이렇게 말했어. 얘야, 세상이 다 그런 거란다. 그래야 세상이 조용한 거야."

"설마 진짜 나간 건 아니지?" 페르세우스가 물었다.

나는 따뜻한 바위에 머리를 기대고 눈을 감았다. "하루는 페르세우스, 마을을 걷는데 다리가 풀렸어. 말 그대로 걸을 수가 없었어. 내 전부가 노출된 기분이었고, 너무 슬펐어. 뭔가 잘못한 것 같은 끔찍한 기분을 간절히 털고 싶은 나머지 다리가 움직이지 않던 거야. 사람들이 나를 둥글게 에워쌌지만 나서서 도와주는 사람은 한 명도 없더라. 언니들은 바다에서 그물을 걷고 있었지. 난 다른 사람들의 감정, 폭풍, 포세이돈에 관한 모든 책임에서 벗어나고 싶었어. 더는 어린 여자애이고 싶지 않았다고. 차라리 물고기가 되고 싶었어. 언니들에게 잡혀서 불에 구워지고, 잘게 부서져서 언니들 배 속에 들어가고 싶었어. 영원히 숨어서 다시는 내가 되고 싶지 않았어. 하지만 마을 사람들이 아무리 괴롭혀도, 그리고 포세이돈이 아무리 추근거려도, 결코 바다에 나가지 않았어."

"너 진짜 용감하다." 페르세우스가 말했다.

나는 그의 말을 생각했다. "내가 포기하고 바다에 나갔어도 그 역시 용감한 행동이었을걸."

우리는 잠시 아무 말도 하지 않았다.

"얘기가 더 있어." 나는 눈물이 흐르지 않도록 눈을 꽉 감았다. "그게 끝이 아니야. 언니들이 아테나에게 나를 도와달라고 부탁했어."

"너도 아테나를 만났어?" 페르세우스가 물었다.

"응." 내가 뱀들을 어루만지며 덤덤하게 대답했다.

"나도." 그가 말했다.

"그래?" 목소리가 싸늘해지는 것을 감출 수 없었다. "언제?"

"얼마 전에. 참 친절했어." 그가 말했다 "아주 너그럽더라."

"넌 운이 좋았구나. 난 운이 나빴어. 아테나가 간청을 들었나 봐. 스테노와 에우리알레가 낚시하러 나가고, 내가 절벽에 앉아 둘을 보고 있을 때 아테나가 나타났어. 안색이 안 좋아 보인다기에 내가 말했어. 이유를 알지 않느냐고. 포세이돈을 떼어낼 수 있게 도와달라고 빌었어. 별짓을 다 해봤지만 소용이 없다고. 이제 어떻게 해야 할지 모르겠다고. 그랬더니 아테나가 이러는 거야. 신이 관심을 좀 보인다고 네가 특별한 줄 아느냐고. 네가 뭐가 그렇게 대단하냐고. 누구에게나 힘든 일이 있는 거라고."

"아주 큰 도움을 주었구나." 페르세우스가 말했다.

"난 절박해졌어. 그래서 말했지. 포세이돈의 관심을 원한 적 없다고, 그가 다시는 나를 바라보지 않게 할 수 있다면 뭐든 하겠다고. 머리를 꽁꽁 묶든가, 아니면 아예 잘라버리든가……" 내가 망설였다. 호흡이 거칠어졌다.

"괜찮아?" 페르세우스가 말했다.

"괜찮아. 그날이 떠올라서 그래."

"그래서 어떻게 됐어?"

"아테나의 표정이 바뀌던 기억이 나. 눈빛이 어딘가 야비했어. 뭔가 생각이 있는 듯 번득이더라. 네 머리카락이 아름답다고 생각하니? 아테나가 그렇게 물었어. 그래서 내가 말했지. 전혀 그렇게 생각하지 않지만, 머리카락을 없애서 인간이건 신이건 그 어떤 남자도 나를 다시는 보지 않을 수만 있다면, 기꺼이 없애겠다고. 앞으로 영원히 남자친구든 남편이든 연인을 구하지 않겠다고. 포세이돈이 내가 맘 편히 물에 들어갈 수 있게 내버려 둔다면 뭐든 할 수 있다고. 그랬더니 아테나가 정말 그럴 수 있겠느냐고 묻는 거야. 인간 여자에게 너무 가혹한 일 아니냐고."

"맞는 말이네."

"그런 말을 하는 게 아니었어. 그런 약속을 하는 게 아니었어."

"그러고 보니 넌 항상 신에게 약속을 하는 것 같다."

"그 약속이 어떤 결과를 초래할지도 모르고 약속을 하지. 그걸 알게 되었을 땐 이미 늦었고."

나는 발꿈치로 땅바닥에 뒹굴던 돌멩이 하나를 문질렀다. 아르젠터스가 낑낑거렸다. 녀석은 이제 곧 어떤 일이 벌어질지 알고 있었다. "아테나는 나에게 자기 신전으로 가라고 했어. 거기 가서 아무도 못 들어오게 하래. 거기서 자기에게 조공을 바치면 내가 안전할 거라면서. 난 그러겠다고 했고, 아테나는 사라졌어."

다시 눈을 감고 마을 외곽, 올리브 숲 한복판에 있던 아름다운 신전을 떠올렸다. 허브와 들꽃이 핀 정원이 있고, 정원 한가운데에 있는 분수가 달빛에 반짝였다.

"아테나의 명령을 받들어 아르젠터스와 함께 매일 신전에 갔어. 바다에도 가지 않고 마을에도 가지 않았지. 그 신전에서 잠까지 잤어. 아르젠터스를 발치에 두고서. 나의 세상이 어느덧 그 신전 크기로 줄어들었지만 상관없었어. 아테나의 신전은 시원하고 편안했거든. 나지막한 벤치와 푹신한 쿠션이 있고, 호박 보석과 신선한 빵 냄새가 났어. 어느 제빵사가 자기가 가장 좋아하는 신에게 매일 바치는 공물이었지."

"좋았겠다."

"나쁘지 않았어. 아테나를 위해 반은 남겨두고 그 빵을 먹었어. 나는 일부러 바다를 등지고 계단에 앉았어. 변덕스러운 아테나에게 매일 감사 인사를 했지. 매일 올리브나무를 손질하고 매일 절을 했어. 한동안은 그렇게 회피하고 감사하면서, 그리고 정원 일을 하면서 마음이 평화로웠어. 내가 안전하다고 느꼈고, 포세이돈이 나를 잡을 수 없을 거라고 생각했어."

나는 잠시 말을 멈췄다. 그때 나는 얼마나 확신했던가. 아테나 신

ATHENA
아테나

'You think your hair is beautiful?'

네 머리카락이 아름답다고 생각하니?

전에서 머무는 동안 그걸로 다 끝난 줄 알았다. 포세이돈의 감시와 압박에서 벗어났으니, 현재와 미래의 사랑을 반납한 뒤 조용한 아테나의 신전에서 아르젠터스와 함께 한가한 오후를 보냈으니. 당신은 비로소 내가 자유로웠을 거라고 생각할 수도 있다.

그렇게 생각한다면 당신도 나만큼이나 순진한 것이다.

"있잖아, 페르세우스." 내가 말했다. "경험자의 말이니까 잘 들어. 때로는 말이야. 아무리 몸을 조그맣게 몸을 웅크리고 있어도 상황이 나아지지 않아. 그러니까 차라리 본래 모습대로 있는 편이 나아."

"그래서 어떻게 됐는데, 메리나?" 페르세우스가 속삭였다.

"그가 나를 찾아냈어." 목이 메어왔다. "나를 잡으려고 바다에서 나왔어."

"하데스 신이시여."

"올리브 숲에서 바다의 신은 물 밖에 나온 물고기나 다름없었지만, 그렇다고 힘이 약해지진 않았어." 침을 꿀꺽 삼키며 마음을 다잡으려 애썼다. "온 세상이 잠들었을 때,

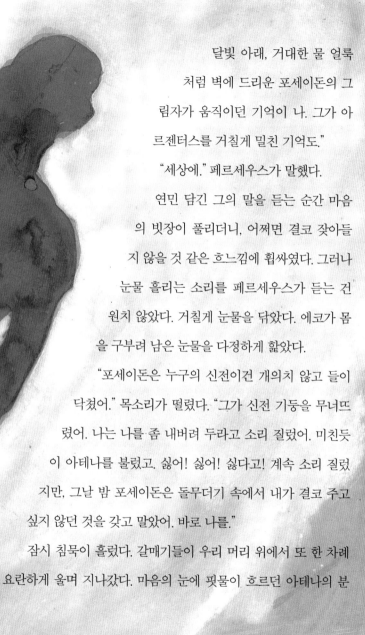

달빛 아래, 거대한 물 얼룩
처럼 벽에 드리운 포세이돈의 그
림자가 움직이던 기억이 나. 그가 아
르젠터스를 거칠게 밀친 기억도."

"세상에." 페르세우스가 말했다.

연민 담긴 그의 말을 듣는 순간 마음
의 빗장이 풀리더니, 어쩌면 결코 잦아들
지 않을 것 같은 흐느낌에 휩싸였다. 그러나
눈물 흘리는 소리를 페르세우스가 듣는 건
원치 않았다. 거칠게 눈물을 닦았다. 에코가 몸
을 구부려 남은 눈물을 다정하게 핥았다.

"포세이돈은 누구의 신전이건 개의치 않고 들이
닥쳤어." 목소리가 떨렸다. "그가 신전 기둥을 무너뜨
렸어. 나는 나를 좀 내버려 두라고 소리 질렀어. 미친듯
이 아테나를 불렀고. 싫어! 싫어! 싫다고! 계속 소리 질렀
지만, 그날 밤 포세이돈은 돌무더기 속에서 내가 결코 주고
싶지 않던 것을 갖고 말았어. 바로 나를."

잠시 침묵이 흘렀다. 갈매기들이 우리 머리 위에서 또 한 차례
요란하게 울며 지나갔다. 마음의 눈에 핏물이 흐르던 아테나의 분

수가 보였다.

"메리나." 페르세우스가 나지막이 말했다. "세상에. 그런 일을 당했다니 정말 안 됐다."

나는 하나도 즐겁지 않은 웃음을 지었다. "그다음엔 어떻게 됐는지 알아? 마을 사람들이 나한테 신이 관심을 가져줬으니 고마운 줄 알라더라. 인간에게 시간을 할애하는 신은 많지 않다고. 하지만 포세이돈이 내게 즐거운 시간을 선물한 게 아니었잖아, 하데스 신께 맹세코. 그는 내게서 가져가기만 했지 아무것도 주지 않았어. 그저 나를 빼앗아갔을 뿐이야."

"메리나……".

"한심한 소리나 해대는 사람들……. 그 사람들이 나 대신 그 신전에서 시간을 보내겠다고 했으면, 기꺼이 그러라고 했을 거야. 그것도 아주 기쁜 마음으로. 하지만 그 사람들은 절대 그러지 않겠지. 그러면서 자기였다면 훨씬 더 잘 대처했을 거라고, 자기였다면 더 강력하게 거절했을 거라고 하더라."

"너도 싫다고 했잖아!"

"너무 많이 해서 그 말이 의미를 잃을 정도로. 포세이돈에게는 아무 의미도 없는 말이었어."

"거기서 어떻게 빠져나왔어?"

"결국엔 그가 떠났어. 나는 폐허가 된 신전에서 빠져나와 집에 가는 길을 찾았지. 가는 길에 아르젠터스를 따라오던 언니들을 만났는데, 둘이 나를 흘긋 보더니 꼭 안아주었어. 머리는 부스스하고 헝클어진 데다, 옷은 찢기고 영혼을 잃어버린 상태였거든. 내가 울고 있었나 봐. 내가 정말 울었나? 잘 모르겠어. 그날의 기억이 너무 생생하고 지금 여기서 너한테 다 쏟아놓고 있긴 하지만, 그 직후에 일어난 일들은 잘 기억이 안 나."

"메리나, 무슨 말을 해야 좋을지 모르겠다."

"들어주는 것만으로도 고마워. 그 길이 기억이 나고, 스테노와 에우리알레를 만난 것, 둘이 나를 꼭 안아준 것도 기억이 나. 아르젠터스가 맨발에 코를 대고 쿵쿵거리던 기억도. 신발도 못 신고 신전에서 도망쳐 나오던 그 느낌도. 그게 다야."

다시 침묵이 흘렀다.

"얘기를 들려줘서 정말 고마워." 페르세우스가 말했다. "절대 잊지 않을게. 이 정도로 나를 신뢰해준 사람은 지금까지 없었어. 그런 일이 있던 걸 알았다면 그의 이름을 말하지 않았을 거야."

"괜찮아." 내가 말했다. "넌 몰랐잖아."

바위에 기대니 마음이 묘하게 차분했다. 신전에서 겪은 일을 누군가에게 털어놓으니, 아픔이 가시진 않아도 마음이 홀가분했다.

그 뒤로 말없이 앉아 있는 동안, 나는 그날의 사건이 내게서 조금은 멀어졌음을, 슬픔을 드러낸 덕분에 내가 조금은 가벼워졌음을 느낄 수 있었다. 이 느낌이 얼마나 오래 지속될지 알 수 없지만, 그런 기분을 느낄 수 있다는 사실이 신선했고 놀라웠다. 나의 이야기는 나의 것이었다. 그 이야기를 가질 수도 있었고 버릴 수도 있었다.

나는 조용히 꿈틀거리는 뱀들을 어루만졌다.

"너하고 얘기하는 건…… 정말 놀랍다." 페르세우스가 말했다. "정말 엄청난 삶을 살았네. 드리아나와 있을 땐, 심지어 어머니와 함께 있을 때에도 이런 기분을 느껴본 적이 없어."

"그런 말은 좀 불편해. 두 사람에겐 그들만의 이야기가 있겠지."

"알아, 나도 알아. 하지만 네 얘길 듣고 있으면…… 이런 기분은 처음이야."

내 목소리가 좋았을까? 아니면 내가 말하는 방식? 너무도 묻고 싶지만 어쩐지 쑥스러웠다. "기분이 어떤데?"

"메리나, 혹시 사랑을 해본 적 있어?"

"사랑?"

"응."

"모르겠어." 내가 머뭇거렸다. "없는 것 같아."

"나도 없어."

우리는 잠시 아무 말도 하지 않았다.

"페르세우스." 내가 이윽고 말했다. "넌 아직 나를 몰라. 전부 다는. 아직은."

"너와 내가 비슷하다는 건 알아. 우리 둘 다 생존자니까."

"하지만 그게 다야. 공통점이 있긴 하지만 우린 서로 달라."

"극과 극은 오히려 끌린다잖아." 망설임이 느껴졌다. "난 행복한 적이 없었던 것 같아." 그가 불쑥 말했다. "나 행복해지고 싶어."

"어떻게 하면 행복해지는데?"

"너를 보면 행복할 것 같아, 메리나."

"그건 안 돼."

"너와 함께 있으면 행복할 것 같아."

"불가능해."

"네 모습이 얼마나 망가졌는지 모르겠지만 난 상관없어. 제발 부탁이야."

"페르세우스, 내 말 믿어. 절대 있을 수 없는 일이야."

"제발, 메리나. 나 너를 사랑하는 거 같아. 미친 짓이라는 거 알지만 정말 사랑하는 거 같다고."

그 말이 나를 무너뜨렸다. 듣기 전에는 내가 얼마나 그 말을 듣고 싶었는지 알지 못했다. 물론 그건 그저 말일 뿐이었고, 말은 누구나

할 수 있었다. 그러나 그의 입에서 나와 나의 귀로 들어오는 그 말은 너무도 완벽하게 느껴졌다.

두려움이 나를 관통하고 뱀들이 꿈틀거렸다. 혹시 그가 작정하고 바위를 돌아 이쪽으로 건너오면 어쩌지? 혹시 이 고백이, 우리가 하는 이 게임이 따분해졌다는 뜻이면? 내 모습을 보고 싶다는 뜻이면? 그는 나의 진실을 어디까지 감당할 수 있을까?

두 손으로 머리를 감쌌다. 조심하라고 경고하는 흉측한 버드나무 가지처럼 뱀들이 앞으로 몸을 뻗었다. 그래 봐야 소용없어, 내가 뱀들에게 말했다. 내 감정을 그에게 말해야 해.

"페르세우스." 내가 속삭였다. "나도 너를 사랑하는 것 같아."

바위 반대편에서 페르세우스가 한숨을 쉬었다. 이상한 한숨이었다. 뿌듯한 것 같기도 하고, 슬픈 것 같기도 했다.

"내일 다시 올게." 그가 말했다. "서로 각자의 이야기를 들려주기로 했지. 난 약속은 지켜. 네가 들려준 포세이돈 얘기, 절대 잊지 않을게. 내일은 내가 왜 고향을 떠났는지 얘기해줄게."

　　다음 날 만나기로 약속하고 페르세우스는 그의 동굴로, 나는 나의 동굴로 향했다. 그의 사랑이 빛의 기둥처럼 어딜 가든 나를 감쌌다. 그가 이 외딴 섬에 있는 나를 찾아내다니, 내게 온 행운이 믿기지 않았다. 서로를 보지 않고도 사랑에 빠질 수 있다는 사실, 유한한 인간의 마음이 그런 재주를 부릴 수 있다는 사실이 놀라웠다.

　　나는 그의 말을 믿었다. 그가 곁에 있을 때 느껴지는 따스함을 믿었다. 지금까지 살아 있는 영혼 그 누구에게도 포세이돈과의 일을 구체적으로 얘기한 적 없었다. 언니들은 내가 지난 일을 잊고 앞으로 나아가기를, 삶의 새 장을 시작하기를 원했다. 그러나 한 장을 끝내기 전에는 새로운 장을 시작할 수 없었다. 그때 햇살처럼 페르세우스가 나타났고, 나의 이야기가 술술 흘러나왔다.

어쩌면 내가 원하는 무언가를 그가 갖고 있기 때문일까? 자신의 몸에 대해 느끼는 편안함, 자유로운 태도 같은 것? 신들이 내게서 앗아간 행복과 기적을 되찾을 실낱같은 희망을 그에게서 본 걸까? 마른 가지는 불꽃이 있어야 불이 붙는다. 이 불은 페르세우스 혼자 일으킨 것이 아니었다. 나는 오랫동안 나의 내면을 외면하라고 배웠다. 나 자신의 불을, 누군가가 들어주길 원하는 나의 목소리를 외면하라고 배웠다. 그런데 이제 때가 되었다. 나는 나의 이야기를 하고 싶었다.

그러나 빛이 있어 세상을 또렷하게 볼 수 있는 만큼, 빛이 있어 이제 더는 숨을 곳도 없었다. 그를 향한 강렬한 감정이 두려웠고, 그 감정이 나를 어디로 이끌지 두려웠다.

페르세우스는 깨어 있으면서 나와 함께 있지 않은 시간에 무얼 할까. 그는 나에게 먹을 것을 요구하지 않았지만, 나는 아치문 바위 앞에 매일 먹을 것을 조금씩 놓아두었다. 그가 길을 따라 걸었을까? 아니면 길을 벗어나 걸었을까? 사랑을 선언했음에도 불구하고 나는 그가 초조해하는 것을 느낄 수 있었다. 선명하진 않았지만 돌이켜보면 늘 그랬다. 고귀한 가문의 자손이고, 사랑스러운 개와 함께 배를 타고 이 섬에 당당하게 들어온 그의 모습과는 어딘가 어울리지 않았다.

페르세우스는 자신을 감추는 데 익숙한 사람 같았다. 그러나 대화 상대가 나밖에 없는 이곳에서는 본모습을 감추기가 쉽지 않았을 것이다. 페르세우스는 속마음을 풀어놓고 싶어했다. 그게 맛있는 음식이라도 되는 것처럼. 나는 그 음식이 너무도 먹고 싶었다. 우리는 시장에 자신을 내놓고 흥정하고 있었다. 흥미로운 이야기를 빠르게 주고받으며 우리 일부를 내보였다. 페르세우스에겐 무언가 나쁜 일이 있었고, 그 때문에 세리포스를 떠나야 했던 게 분명했다. 그가 아직 하지 않은 이야기는 무엇일까.

그의 배에 있던 칼이 떠올랐다. 그가 왜소해 보일 정도로 거대한 칼. 매혹적인 방패와 날개 달린 샌들도. 그러나 그 무기 때문에 마음이 불편한 건 아니었다. 청금석에 섞인 가짜 금처럼 페르세우스의 자신감을 좀먹는 무언가가 있었지만, 그게 정확히 무언지 가늠조차 할 수 없었다.

우리 앞에 펼쳐질 수도 있는 미래를 그려보았다. 함께 손을 잡고 바닷가를 거닐고, 우리 개가 저만치 앞서 뛰어가고, 바람이 우리 머리카락을, 혹은 나의 뱀들을 스치는, 모든 것이 완벽하고 안전하고 편안한 미래를. 또 다른 미래를 떠올려보았다. 그의 배를 타고 먼

바다로 항해를 떠날 수도 있을까? 또 다른 미래도 있었다. 간소한 침상이 둘 있는 보금자리, 언덕에선 양이 풀을 뜯고, 별빛 아래서 소박한 식사를 하는 미래. 또 다른, 또 다른, 또 다른 미래. 그 모든 미래가 불가능한 일이라 괴로웠다. 아테나의 저주가 귓가에 맴돌았다. 너를 바라볼 정도로 어리석은 자는 화를 입을지어다! 어떤 화를 말하는 걸까? 만약 아테나가 나의 자긍심을 훼손할 의도였다면 성공했다. 하지만 그 밖에 다른 의도가 있었을까?

그 뒤로 몇 주 동안 집 밖에 나가지 않았다. 잠자리에서 일어나지도 않았다. 언니들이 나를 끌어내리려고 별짓을 다했다. 달콤한 케이크, 포옹, 시원한 천, 거리 두기. 레몬과 백리향을 곁들여 완벽하게 구운 문어. 그러나 문어 다리만 보아도 구역질이 났다. 그저 숨고만 싶었다. 단지 나라는 이유만으로 너무 가혹한 벌을 받았다.

당연히 아테나가 나타났다. "그 아이 어디 있지?" 아테나가 묻던 기억이 떠오른다. "그 어린 창녀 어디 있어? 메두사 어디 있냐고!"

그 목소리를 듣고 밝은 달빛에 눈을 깜빡이면서 내가 집에서 기어 나왔다. 숄을 몸에 걸치고 꼭 여미었다.

"괘씸한 것 같으니라고!" 아테나가 소리쳤다. "네가 나의 신전을

MEDUSA
THE GIRL BEHIND THE MYTH

더럽혔어. 신성한 신전에서 그런 추잡한 짓을 하다니!"

발밑의 바닥이 흔들렸다. "추잡한 짓이라고요?" 내가 말했다. "내가 그런 게…… 그가 나를…….'

그때만해도 나는 그 단어를 말하지 못했다.

"난 너를 믿었어." 아테나가 말했다.

그때 스테노가 집에서 나와 졸린 눈을 비비며 놀란 얼굴로 우리의 손님을 보았다. "무슨 일이죠?"

아테나가 이상한 빛을 발산하며 나를 가리켰다. 손가락이 내 피부를 뚫는 화살 같았다. "저 아이가 내 신전을 파괴했어."

"포세이돈이 파괴한 걸로 아는데요."

"저 아이가 아니었으면 포세이돈이 신전에 오지도 않았겠지." 아테나가 말했다. "너희 둘도 잘못했어. 포세이돈이 저 아이한테 관심을 갖게 내버려 뒀잖아."

"말이 심하시네요." 스테노를 따라 에우리알레가 집에서 나왔다. 언니들은 불멸의 존재이기에 아테나에게 그런 식으로 말할 수 있었다. 그들은 서로를 오랫동안 알았다.

"억지 부리지 마세요, 아테나." 에우리알레가 얼굴을 찌푸렸다. "지혜롭게 처신하셔야죠. 다른 신은 몰라도 당신은 알잖아요. 신전에서 일어난 일이 메두사의 처신과는 아무 상관이 없다는 걸. 메두

146

사를 사막 한복판에 데려다놓았어도 그가 와서 찾았을 거예요."

"아무 상관이 없다고?" 아테나가 나를 가리켰다. "저 아이는 기꺼이 동조했어."

"기꺼이 동조했다고요?" 내가 반문했다. 숨이 턱 막혔다.

"너도 상황이 어떻게 돌아가는지 알고 있었잖아." 아테나가 내게 말했다. "네가 그에게 약속을 했지. 이제 나의 신전이 사라졌어. 분수도, 기둥들도, 나의 숲도."

"난 그런 약속 한 적이 없어요!"

아테나가 코웃음 쳤다. "과연 그럴까? 어리석은 인간 같으니. 바다에 나갔을 때 약속했잖아. 그리고 내 신전에서 그를 허락해서……."

"약속을 했다고요? 허락을 했다고요?" 에우리알레가 소리를 질렀다. "메두사가 당신의 신전에 초를 밝혀놓고 그 짐승한테 초대장을 보내기라도 했다는 건가요? 그런 식으로 강요당한 약속은 언제든 깨어지는 게 옳다는 걸 당신도 알잖아요, 아테나. 포세이돈이 메두사를 협박하고 해쳤어요. 그리고 이제 메두사를 모독하고 있죠. 메두사가 한 일이라고는 비탄에 빠져 말 몇 마디 내뱉은 것뿐이라고요. 메두사는 당신에게 도움을 청했어요. 당신이 메두사를 보호하겠다고 했잖아요. 그러니까 따지려면 메두사가 아닌 포세이돈에게 가서 따져요. 그러지 않으면 내가……."

"네가 뭘 할 건데? 네가 뭘 어쩔 수 있는데?" 아테나가 웃었다. 에우리알레는 그저 아테나를 쏘아보는 수밖에 없었다.

아테나가 웃는 이유를 우리 모두 알았다. 아테나는 힘이 셌고, 에우리알레의 협박 따위에 주눅 들 신이 아니었다.

사람들이 또다시 나를 두고 의논했지만 나는 아무 말도 할 수 없었다. 아테나와 언니들 사이의 다툼이 격해질 때 나는 내 영혼 깊은 곳을 응시했다. 배에서, 혹은 신전에서, 내가 그를 자극할 만한 행동을 하나라도 했던가? 물론 아니었다. 나에 대한 확신이 없어지는 게 싫었다. 아테나 같은 신이 틀린 말을 하다니 기분이 이상했지만, 그가 무슨 짓을 저지를지 두려워 감히 그 말을 부정하지 못했다.

"아테나, 지금 신전 때문에 이러는 거 아니죠?" 스테노가 끼어들었다. "그런 벽돌 건물 따위에 신경을 쓸 당신이 아니잖아요."

"이건 예의와 품위에 관한 문제야. 그리고 존경에 관한 문제고." 아테나가 말했다.

"메두사의 행복이나, 메두사가 자신의 몸 안에서 아무 두려움 없이 지낼 수 있는 권리의 문제는 아니겠죠? 당연히 아니겠죠. 진실은 말이에요, 아테나, 당신은 지금 질투하는 거예요."

"질투?" 아테나가 코웃음 쳤다. 소리가 어찌나 큰지 아테나가 아닌 다른 누군가에게서 나온 소리였다면 우스울 뻔했다. 신이 눈을 가늘게 떴다. 그의 얼굴이 내면 깊은 곳에서 번져오는 분노로 점차 달아올랐다. 스테노가 제발 입을 다물면 좋겠다고 생각하고 있는데, 아테나가 나를 다시 가리켰다. "내가 저 아이를 질투한다고?"

"이제야 확실히 알겠어요." 스테노가 말했다. "메두사가 당신보다 아름다우니까……."

"어떻게 그런 말도 안 되는 소리를……."

"그래서 도저히 참을 수가 없는 거예요."

스테노는 그 말을 하지 말았어야 했다. 정말 하지 말았어야 했다. 사실 말은 칼보다 사람을 더 깊이 벨 수 있다. 나는 둘 다 겪어보아서 안다.

그 사실이 증명된 셈이다.

그 말을 듣는 순간, 뜨겁게 달아올랐던 아테나의 얼굴이 차갑게 식었다. 아테나의 얼굴이 하얗게 질리더니 등골이 서늘해질 정도로 강렬한 눈빛으로 나를 쏘아보았다. 신이건 사람이건, 그 이전이건 이후이건, 나는 그런 눈빛을 본 적이 없다. 목 뒤의 털이 곤두섰다. 곧 나쁜 일이 벌어질 참이란 걸 알았다.

신이 이런 말 따위에 휘둘린다고? 그게 가능한 일일까?

분명히 가능한 일이다. 신도 당신이나 나와 똑같다.

아테나의 눈빛에 살갗이 후끈거렸다. 그의 분노가 망토처럼 나를 휘감았다. 아테나의 힘이 내 안으로 들어올 때, 밤의 변방에 뜬 달이, 내 영혼을 비추던 달빛이, 어마어마한 분노에 마치 일식처럼 완전히 가려졌다. 그나마 평범했던 삶의 마지막 순간이었다.

나의 회상은 여기서 덜그럭거린다. 여기서부터 기억이 해체되어 바닷가에서 썩어가는 고래 사체처럼 변한다. 아테나와의 마지막 만남을 페르세우스에게 어떻게 설명할까? 내 머리의 뱀들을, 내가 여자이면서 동시에 고르곤이라는 사실을 어떻게 설명해야 할까?

기억을 떠올리며 고개를 젓자 뱀들이 꿈틀거렸다. 에코와 칼리스토는 몸을 풀고 허공을 휘저었다. 문득 이상한 사실을 깨달았다. 나는 항상 뱀들에 대해 불평했고 그들을 증오했다. 페르세우스를 생각하면 뱀은 엄청난 골칫거리였다. 그러나 만약 뱀들을 빼앗긴다면, 그들이 그리울 것 같았다. 아테나가 나를 변형시킨 이후로 오랫동안 에코, 칼리스토, 다프네, 아르테미스를 비롯한 나의 뱀들이 그저 일시적인 신의 변덕이기를 바랐다. 다시 예전 모습으로 돌아갈 수 있기를 바랐다. 그러나 그런 일은 일어나지 않았다. 그 어떤 애원과 약속으로도 예전으로 돌아갈 수 없었다.

아르테미스가 날아가던 파리를 여유롭게 잡아먹었다. 그 모든 일이 일어났음에도 여전히 예전으로 돌아가고 싶은가?

물론 밤의 변방을 수놓은 별빛이 그리웠다. 그러나 그곳에 넝마가 된 평판 말고 무엇이 남아 있던가. 아름답다는 이유로 그토록 미움받았는데, 추물이 된 지금은 더 미움받을 것이다. 사람들은 나를 향한 생각을 바꾸지 않을 것이다. 적어도 이 섬에서는 자유롭게 돌아다니고, 나 자신의 모습으로 살아갈 수 있다. 나를 알건 모르건 이리저리 들쑤시고 찔러대고 이러쿵저러쿵 떠들어대는 사람도 없다.

에우리알레가 옳았다. 이 섬에서 나는 편히 숨 쉴 수 있다. 이 섬에서 우리는 우리가 원하는 방식으로 살아갈 수 있다. 아무도 나를 괴물이라고 부르지 않고, 너무 예쁘다는 이유로 공격하지도 않았다. 나는 태양 움직임에 따라 빛깔을 바꾸는 이 섬의 바위를 사랑했다. 엷은 오렌지색, 짙은 자주색, 그리고 만져질 듯 선명한 주홍색으로 변하는 바위들. 삐죽삐죽하지만 단면은 매끄러운 바위들. 나는 바위에 누워 변하는 빛깔을 바라보는 게 좋았다.

페르세우스에겐 내가 숨어 있다고 말했지만, 어쩌면 나는 숨어 있는 게 아닌지도 모른다. 어쩌면 그저 존재할 수 있는 나만의 공간을 찾은 건지도.

어쩌면 깨닫지 못했지만, 비로소 마음의 평화를 찾은 건지도.

그는 나를 사랑한다고 말했다. 어쩌면 내가 불가능하다고 생각하던 일들은, 사실은 불가능한 일이 아닌지도.

CHAPTER
10

그날 밤, 나는 또 다른 여자의 꿈을 꾸었다. 내 마음속 통로를 서성이던 여자는 드리아나였다. 혹은 내가 드리아나라고 생각하는 여자. 페르세우스에게 생김새를 물어본 적이 없으니까. 드리아나는 신부 드레스 차림으로, 백리향과 문어 다리로 만든 부케를 들고 절벽 끝에 홀로 서 있었다. 예전의 내 것과 같은 검은 머리카락을 단정하게 위로 틀어 올린 모습이었다. 드리아나는 누군가를 기다리는 듯 절벽에서 서성거렸다. 그때 거센 바람이 베일을 젖혔고, 베일은 저 멀리 수평선으로 사라져가는 배의 돛으로 변했다.

나는 마음의 눈으로 그 배를 좇았다. 어느 순간 다시 뭍을 돌아보니 드리아나와 부케는 사라지고 없었다.

잠에서 깨어보니 스테노가 홀로 동굴 입구에 앉아 있었다. 반쯤 펼친 날개가 산들바람에 살짝 부풀었다. 스테노의 자세는 꼿꼿했다. 에우리알레가 행동가라면 스테노는 전략가였다. 햇살을 등진 스테노의 윤곽은 너무도 근사했다. 세리포스에서는 결코 볼 수 없었을 모습이었다. 스테노가 어찌나 꼼짝도 않고 앉아 있는지 석고상으로 착각할 정도였다.

내가 태어난 그날부터 스테노는 에우리알레의 맹렬함과는 다른 다정함으로 나를 사랑하고 보호했다. 에우리알레는 강인하고 자존심이 강했지만, 남들과 다른 모습으로 사는 것에 대한 나의 두려움은 스테노가 더 잘 이해했다. 화가 나서 언니들은 사랑이 뭔지 모른다고 했는데, 그런 말을 하는 건 옳지 않았다. 고개를 축 늘어뜨린 스테노를 바라보고 있자니 기분이 참담해졌다. 스테노는 그동안 나를 보살펴주었는데, 정작 스테노는 누가 보살펴주었던가?

"괜찮아?" 내가 물었다.

스테노가 나를 돌아보았다. 남루한 드레스가 동굴 바닥에 퍼져 있었다. 스테노의 얼굴은 침울하고 창백했다. "잘 잤니?" 스테노는 멋쩍은 미소를 지었다. "또 악몽 꿨어? 밤새 뒤척이던데."

"에우리알레는 어디 있어?"

"나갔어."

"어디로?"

"그냥…… 여기저기."

대답을 회피하는 건 전혀 스테노답지 않았다. 서늘한 두려움이 밀려들고 배 안이 휑해졌다.

"이리 와." 스테노가 다정하게 말했다. 나는 네 살 먹은 아이처럼 스테노가 시키는 대로 했다. 마음의 반은 스테노에게 집중하면서도 나머지 반은 동굴 밖으로 빠져 나가 에우리알레가 어디 갔을지 생각했다. 스테노가 나에게 앉으라고 했다. "아가, 몸은 괜찮아?"

"괜찮아."

"정말 괜찮은 거 맞아?" 내가 반박하려 하자 스테노가 한 손을 들었다. "네 삶이 결코 순탄치 않았다는 거 알아, 메두사. 분명히 그리운 것들이 있겠지. 영원히 가질 수 없을 것 같은 것들이."

"그리운 건 하나도 없어." 나는 스테노의 곁에 다리를 포개고 앉았다. 이른 아침인데도 바닥에서 열기가 느껴졌다.

스테노가 고개를 돌렸다. "식사 때마다 멍해 보이던데." 목소리가 나지막했다. "그리고…… 포세이돈의 꿈을 꾼 것도 그렇고."

"스테노, 그건 그냥 꿈일 뿐이야. 하루가 저물어서 머릿속을 비운 거였고."

"대체 왜 포세이돈이 네 머릿속에 있지? 그게 단순한 꿈이 아니라는 걸 너도 알잖아. 그 꿈엔 의미가 있어."

나는 절벽 끝에 서 있던 드리아나를 생각했다. 바다를 향해 펄럭이던 베일을. "꿈은 꿈일 뿐이야." 내가 말했다. "아무 의미도 없어."

스테노가 얼굴을 찌푸렸다. "가끔 난 이 섬에 오지 말았어야 했다는 생각이 들어. 밤의 변방에 머물러야 했어. 적어도 거기엔 삶이란 게 있었으니까. 다른 여자들이 있고……." 스테노는 잠시 머뭇거렸다. "남자들도 있고."

"아테나가 내 모습을 바꾸기 이전에도 사람들은 나를 안 좋아했어. 보나 마나 그 이후에도 그랬을 거야."

"그야 모르지."

"우리 같은 동네에 살았던 거 맞아?" 내 말에 스테노가 씁쓸하게 웃었다. "난 여기서도 아주 잘 살고 있어, 스테노." 내가 말을 이었다. "내 말 믿어."

"나와 에우리알레는 너하고 상황이 달라. 우리에겐…… 무한한 삶이 있어. 하지만 네겐 단 한 번뿐이야." 그가 한쪽 팔을 앞으로 내밀자 깃털이 버스럭거리는 소리가 들렸다. "그런데 넌 그 삶을 여기서 보내고 있잖아."

"언니는 할 만큼 했어. 우리 모두 그랬어."

스테노가 무릎을 꿇더니 양손으로 내 얼굴을 감싸고 눈을 똑바로 보았다. 서로를 제대로 바라본 지가 너무도 오래되었다. 나는 스테노의 눈동자가 에우리알레보다 훨씬 더 파랗고, 바다의 초록빛과 황금빛을 머금고 있다는 사실을 떠올렸다. 스테노의 눈빛 속에 빠지면 영원히 안전할 것 같지만, 스테노마저도 나를 완벽하게 보호할 수는 없다는 사실을 뼈저리게 느꼈다. 나를 옥죄면서도 자유롭게 하는 진실이었다.

"약속해, 메두사." 내 마음을 읽기라도 한 듯 스테노가 말했다. "위험한 짓은 절대 하지 않겠다고."

"절대 안 할게." 나는 스테노의 심각한 눈빛을 응시했다. "난 여기서 행복해. 진심으로."

"메두사, 혹시 나한테 숨기는 거 있니?"

가슴이 철렁했다. "왜 그런 생각을 해?"

"왜 여기서 행복해?" 스테노가 말했다. "이 황량한 섬에 너를 행복하게 하는 게 뭐가 있다고?"

"언니가 있잖아. 에우리알레도 있고."

스테노는 미심쩍다는 눈초리였다. "에우리알레 말이 맞아. 요 며칠 너 좀 이상했어."

"난 괜찮아."

"메두사, 혹시 누구든 이 섬에 온다면, 예를 들면, 어떤 남자가 온다면······."

"남자가 왜 여길 와?"

"만약 혹시라도 그런 일이 일어난다면 말이야. 절대 네 정체를 숨겨서도, 네가 그 남자가 원하는 여자인 척해서도 안 돼. 그랬다간 어디에 닿을지도 모르는 외로운 길을 걷게 될 거야." 나는 스테노를 똑바로 보았다. "만약 그가 진심으로 너를 좋아한다면, 메두사." 스테노는 본론을 말하려고 마음을 다잡는 듯 돌멩이 한 줌을 손가락 사이로 떨어뜨리며 잠시 숨을 참았다. "있는 그대로의 네 모습을 받아들일 거야. 그리고 너를 알게 되어 행운이라 여길 거야."

"명심할게."

스테노가 돌멩이를 전부 던지고 날개를 퍼덕였다. "변죽만 울려봤자 무슨 소용이 있어? 메두사, 나 알고 있어."

"뭘?"

"나도 눈이 있어, 아가. 여긴 아테네가 아니야. 우린 외딴 섬에 살고 있다고. 조그만 외딴 섬."

"그래서?"

"만에 배가 한 척 들어와 있으면 눈에 뜨일 수밖에 없어. 누가 그 배를 타고 들어왔는지 궁금하겠지. 그래서 알아보겠지."

말문이 막혔다. 섬에 무단 침입한 페르세우스를 에우리알레가 꽁

꽁 묶는 장면이, 혹은 그를 배에 도로 태우는 장면이 눈앞을 스쳤다. 어쩌면 다시는 그를 볼 수 없을지도⋯⋯.

"내 동생이 어딘가 달라지면 알아차린다고." 반딧불처럼 눈앞에서 깜빡이는 재앙의 장면 사이사이로 스테노가 말을 이었다. "내 동생의 꿈, 내 동생의 은밀한 미소. 내 동생이 사랑에 빠졌다는 사실."

우리는 잠시 아무 말 없이 앉아 있었다. 진실을 털어놓고 상황을 공유하고 싶은 마음이 간절했다. "미안해, 스테노." 내가 속삭였다. "속일 생각은 없었어. 내가 그 사람을 초대한 게⋯⋯."

"아가, 난 화를 내는 게 아니야." 스테노가 말했다. "사과할 생각일랑 하지 마. 사과라면 할 만큼 했잖아."

눈에 눈물이 차올랐다. 스테노의 마음은 올림포스 산보다도 컸다. 그가 팔을 뻗어 내 어깨에 둘렀다. "하지만 내 짐작이 맞지?"

"맞아."

"누구야?"

"페르세우스."

"그건 그 사람 이름일 테고. 어떤 사람이야?"

나는 문득 그에 대해 할 얘기가 그리 많지 않다는 사실을 깨달았다. 물론 나는 페르세우스를 잘 아는 것 같은 기분이었다. 나는 페르세우스를, 현실 속 남자와 내가 늘 그려오던 환상 속 남자를 합쳐

놓은 사람으로 만들었다. 마치 내가 신이라도 되는 것처럼, 나의 삶
이 천상의 캔버스라도 되는 것처럼. 그러나 막상 이런 질문을 받고
보니 그에 대해 별로 아는 게 없었다.

그 깨달음이 썩 유쾌하진 않았다. 페르세우스와 내가 함께 쌓아
올린 작은 세상은 외부인의 냉정한 눈에, 심지어 관대한 스테노의
눈에도 거미줄로 만든 것처럼 허술해 보일 게 분명했다.

"에우리알레도 알아?" 목소리에서 배어나는 두려움을 감출 수 없
었다.

"아니, 걱정 마. 배는 나만 봤어. 그리고 어느 날 섬으로 돌아오다
가 그 사람도 봤지. 에우리알레는 못 봤어. 네가 운이 좋았지. 내가
배를 더 안쪽으로 밀어 넣었거든. 에우리알레는 모를 거야."

"제발, 부탁할게, 스테노. 에우리알레한테는 말하지 말아줘. 못마
땅하게 여길 거야."

"그래, 그러겠지." 스테노가 말했다. "그 페르세우스는 대체 여길
왜 온 거야?"

"그 사람은…… 여행중이래. 세상을 좀 둘러보고 싶었나 봐."

"그렇구나. 운이 좋은 사람이네." 스테노가 한숨을 쉬었다. "그
럼…… 이 섬엔 우연히 온 거야?"

"길을 잃었대."

"그렇구나." 스테노가 나를 유심히 보았다. "너에 대해선 모르지? 숨기고 있지?" 스테노의 눈빛이 내 정수리를 향했다.

"무턱대고 그런 식으로 대화를 시작하긴 좀 그렇잖아. 안녕, 난 지금 자발적 유배중이야. 그리고, 참. 내 머리엔 뱀이 우글거려."

스테노는 웃지 않았다. "그 사람이 좋아? 진짜 좋은 거야?"

"응, 그런 거 같아."

"그 사람도 너를 좋아해?"

"그런 것 같아. 적어도 지금까지 나에 대해 알게 된 것들은."

스테노가 고개를 돌려, 입구의 바위로 가려져 보이지 않는 수평선을 응시했다. "그 사람한테 말해야 해. 그 사람이 감당할 수 있어야 해." 그리고 스테노답지 않은 살벌한 목소리로 덧붙였다. "좋은 사람이어야 할 텐데."

"알아." 내가 말했다.

"바로 그거야, 메두사. 난 네가 모르는 것 같거든. 그게 어떤 의미인지 네가 모르는 것 같아. 그에게 본모습을 보여주기 위해 네 뱀들처럼 너 자신을 뒤틀어야 한다면, 호감을 얻기 위해 네 일부를 잘라내야 한다면, 혹은 네 심장과 영혼을, 그러니까 네 전부를 감춰야 한다면, 넌 여왕의 몸으로 거지의 삶을 살아야 할 거야."

"하지만 스테노, 그 사람이 왜 나 같은 애를 좋아하겠어?"

"난 너를 위해 죽을 수도 있어, 메두사. 넌 정말 놀라운 아이야. 넌 내 삶의 가장 큰 기쁨이야."

"스테노……."

"너를 만나 진정한 행복을 찾았다는 듯 너를 소중히 대하는 사람이면 좋겠어."

"내가 뭐가 그렇게 특별하다고!"

"다시는 내 앞에서 그런 말 하지 마. 누구나 사랑받을 자격이 있어. 그동안 사람들은 너에게 친절하지 않았어, 메두사. 한 번도. 사람들은 너를 질투하고 탐냈어. 그다음엔 너에게 잔인했고, 너를 함부로 판단했지. 넌 매번 사람들이 하는 말을 믿었어. 그래서 난 네가 처음 만난 남자에게 상처받길 원치 않아."

"그 사람이 나에게 상처를 줄지 어떻게 알아?"

"남자가 잠깐 친절하다고 해서 앞으로도 항상 그럴 거라고 생각하면 안 돼."

"그럼 내가 어떻게 했으면 좋겠어, 스테노? 결국엔 다 시들해질 거니까 달콤한 연애 따위는 시작조차 하지 말라는 거야? 어떻게 그렇게 살아?"

스테노가 일어서더니 동굴 밖으로 나갔다. "만약 지금 내가 날개를 잃는다면, 난 화가 날 거 같아. 더는 나 자신이 아닌 것 같을 테니까. 그러니까 나는 어떤 남자가 와도 날개를 숨기지 않을 거야. 너를 진정으로 사랑한다면, 그 사람은 뱀들도 사랑할 거야."

"언니가 나를 보호하고 싶어하는 건 알아." 내가 말했다. "하지만 이제 내 문제는 내가 결정할 거야. 이제 난 어린애가 아니야."

스테노가 날아오르더니 공중에서 원을 그리며 주위를 맴돌았다. "하지만 네 마음속 어딘가에는 아직 어린애가 있어. 난 그 아이가 보여. 그 아이는 누군가 자기를 제대로 보아주기를 원해."

"그렇지 않아."

"네가 자라면 예전의 너를, 마치 뱀이 허물 벗듯 영원히 벗어버릴 수 있을 것 같아? 그렇지 않아. 내겐 어제 일처럼 느껴지는 어린 시절의 기억이 있어. 너에게 여전히 고통이 남아 있다는 걸 알아. 여전히 너의 뱀들을 두려워하고 있다는 사실도."

"스테노. 내 머리를 똑바로 봐. 내 어린 시절 기억은 내가 아닌 다른 여자애 거야!"

스테노가 팔짱을 끼고 하늘로 높이 날아올랐다. "우리 모두 변했어, 메두사, 하지만 난 여전히 너의 언니야. 너무 멀리 가기 전에 네가 너를 지켰으면 좋겠어. 그 사람을 믿는다면 뱀들 얘기를 해."

"잊었나 본데, 아테나가 한 말을 생각해봐. '너를 바라볼 정도로 어리석은 자는 화를 입을지어다!'"

스테노가 어깨를 으쓱했다. "그건 그 남자가 알아서 하겠지. 때로 어리석음은 대가를 치러야 하니까."

비참한 기분이 들었다. "에우리알레에게 말하지 않겠다고 약속해. 약속할 거지?"

그러나 나의 사랑하는 언니는 이미 두 팔을 활짝 벌리고 날개를 퍼덕이며 동굴 위로 높이 솟아올라, 파란 하늘로 사라진 뒤였다.

예전의 나는 죽었고 이제 나는 변했다고 우겼지만, 스테노와 나눈 대화는 그가 날아간 뒤에도 한동안 마음속에서 메아리쳤다. 스테노의 말이 진실임을 알아서 더 펄펄 뛰었던 것 같다.

나는 누군가 나를 보아주기를 원했다. 사랑을 원했다. 내가 원하는 방식으로, 뱀들까지 전부 다, 나를 있는 그대로 사랑해줄 사람을 원했다. 그러길 원한다고 인정하는 게 나약한 마음이 아님을 스테노가 일깨워주었다. 그건 자연스러운 일이었다. 그 어떤 여자도 외딴 섬이 아니었다. 낯선 이들에게 외딴 섬이 되길 강요당할 뿐.

이번에 페르세우스를 만나면 가장 털어놓기 두려웠던 얘기를 하겠다고 결심했다. 신전에서 포세이돈과의 일보다 더 털어놓기 두려웠던 그 얘기를.

아테나가 나를 어떻게 바꾸어놓았는지 말할 것이다. 내 머리에서 꿈틀거리는 뱀들이 결코 일시적인 사건이 아니라고. 이 뱀들이야말로 내가 깨어 있는 낮이나 잠들어 있는 밤이나 내 영혼, 내 정신의 본질이라고. 그에게 말할 것이다. 나의 진짜 이름만으로는 나의 본질을 건드리지도 못한다고. 더구나 그에게 약속하지 않았던가. 나는 그를 믿었다. 처음으로 반드시 지키고 싶은 약속을 했다.

전부 다 털어놓으면, 마침내 그는 볼 것이다.

그날 오후, 페르세우스와 나는 늘 앉던 자리, 아치문 바위의 양쪽에 앉았다. 평온이 깃든 오후였다. 절벽 뒤로 펼쳐진 바다는 거울처럼 투명해서 구름 한 점 없는 하늘이 그대로 반사되었다.

"동굴에 사는 게 좋아?" 페르세우스가 느닷없이 물었다.

그의 질문을 생각해보았다. 밤이 되면 눅눅하긴 했지만 동굴은 널찍했고, 모닥불이 춤을 출 때면 벽에 아름다운 무늬가 생겼다. 그러나 예전 집이 그리운 건 사실이었기에 그렇게 말했다.

"그럼 여기에 집을 지으면 되잖아. 그런 전망이 있는 집을." 그가 말했다. "내가 지어도 되고."

내가 웃었다. "집 지어본 적 있어?"

"아니. 하지만 무슨 일이든 처음은 있는 거잖아. 상상해봐. 하얗게 칠한, 멋지고 시원한 집. 방도 여러 개 있고, 정원엔 우물이 있고, 지붕이 튼튼한 집. 과일나무를 심어도 돼. 허브를 키워도 좋고."

"하지만 집을 짓고 나면 넌 무얼 할 건데?" 내가 물었다. "너도 그집에 살 거야?"

"네가 허락한다면. 방 한 칸에 세 들어 살면 좋겠다."

"어머니가 그립지 않겠어?"

"어머니도 여기 살면 되잖아."

나는 다시 웃을 수밖에 없었다. 페르세우스는 나와 자기 어머니가 같은 공간에 머물길 원했지만, 그의 어머니 다나에와 나 사이를 가로막고 있는 것이 단지 바다만은 아니었다. 힘센 신들에게 똑같은 취급을 받았다는 공통점이 있긴 해도, 머리카락이 뱀인 며느리를 원할 리 없었다. 페르세우스는 깔끔하고 정돈되고 통제 가능한 상황을 원했지만, 나는 그 모두와 반대였다.

스테노의 말을 떠올렸다. 스테노는 나의 본모습을 받아들이고, 페르세우스도 그렇게 하기를 기대하라고 말했다.

"좋아. 네 어머니는 환영이야. 방세는 조금만 받을게." 그는 웃지 않았다. "페르세우스? 농담이었어."

"아, 알아. 미안. 어머니 얘기를 하니까…… 생각이 나서. 어머니를 본 지 너무 오래됐어. 폴리덱테스가 어머니에게 무슨 짓을 했을 지. 내가 빈손으로 돌아가면 아마 사형당할걸."

"빈손으로 돌아가면?"

그가 한숨을 쉬었다. "내가 말한 임무 있잖아?"

"응."

"절대 내가 원한 게 아니었어. 폴리덱테스가 어머니를 차지하려 고 나를 성에서 떠나보낼 구실을 만든 거야. 내가 항해하고 길을 잃 고 바위에 앉아 있는 사이에, 어머니는 폴리덱테스의 부인이 되었 을지도 몰라. 어쩌면 죽었을지도."

페르세우스의 목소리가 떨렸다. 바위 뒤로 가서 그를 안고 싶은 마음이 간절했지만, 여전히 두려웠다. 그의 사랑을 신뢰하려면 그 에게 내 본모습을 보여줘야 한다는 스테노의 말을 다시 한번 떠올 렸다. 그러나 어떻게 말해야 할까? 어떻게 얘기를 시작해야 할까?

"네 임무가 정확히 뭔데?" 용기를 내어 그의 쪽으로 조금 더 가까 이 다가가며 내가 다정하게 물었다.

"어머니를 구해야 해." 페르세우스가 말했다. 그리고 놀랍게도, 그가 흐느껴 울기 시작했다.

"페르세우스, 넌 할 수 있을 거야. 난……."

"넌 이해 못 해." 그가 말했다. "아무도 이해 못 해."

"내가 도와줄게, 페르세우스. 약속해. 어머니를 구하려면 어떻게 해야 하는데?"

나는 조금 더 그에게 다가갔고, 그는 여전히 내게 등을 돌리고 앉아 있었다.

페르세우스는 잠시 아무 말도 하지 않았다. 그가 몸을 웅크리자 목 뒤에 난 솜털이 보였다. 그가 깊고 떨리는 숨을 내쉬었다.

"나의 임무는." 그가 말했다. "메두사의 목을 베는 거야."

누구에게나 그런 순간이 있다. 훗날 돌이켜 생각해볼 때, 내가 과연 옳은 일을 한 건지 의문이 드는 순간. 내가 달리 말하거나 달리 행동했더라면 더 나은 결과로 이어지진 않았을까. 페르세우스가 그 말을 한 뒤로 나는 거의 매일 그 순간을 생각했다. 그 이후 상황은 너무도 걷잡을 수 없이 돌아갔고, 상황을 멈추기 위해 우리가 할 수 있는 일은 없는 것 같았다.

모든 일이 일어난 순서를 정확히 기억할 수는 없지만, 내가 바위 뒤에서 몸을 웅크린 것, 스스로 끌어낼 수 없는 힘을 거기서 찾으려는 듯 바위에 몸을 기댄 것을 기억한다. 호흡이 가빠지고 목 밑에서 작은 흐느낌이 새어 나왔다. 아테나가 두 손으로 나의 숨통을 붙잡고 세게 조여오는 것 같았다. 온몸의 피가 아래로 쏠리는 듯했다.

머리가 텅 비어서 바람이 들고, 뱀마저 그대로 증발해버릴 것만 같았다. 그러면서도 발은 진흙으로 변한 듯 무겁게 느껴졌다.

메두사. 메두사라니. 어떤 의미로 메두사라고 말했을까.

메두사는 내 이름이다. 그저 평범한 여자일 뿐인데, 페르세우스는 마치 신화에 나오는 괴물을 말하듯 내 이름을 말했다. 나는 신화가 되고 싶지 않았다. 나는 나 자신이고 싶었다. 바위를 돌아 그에게 내 모습을 드러낼 생각을 했다니, 기가 막혔다.

"메리나?" 페르세우스의 목소리가 아득하게 들렸다. 마치 터널 반대편 끝에서 들려오는 소리처럼.

나는 대답할 수 없었다. 생각조차 제대로 할 수가 없었다.

그땐 내가 위험에 처했다고 생각하지 않았다. 그건 기억한다. 내가 안전하다고 생각했다. 페르세우스가 나의 뱀에 대해 아직 모르고 있기 때문이었다.

"응?" 긴장한 내 목소리가 이상하게 들렸다.

"괜찮아?" 그가 말했다. "너를 겁주려고 메두사 얘길 꺼낸 건 아니었는데."

다른 상황이었다면 그 말에 웃었을 것이다. 얼마나 기가 막힌 아이러니인지, 그 씁쓸함이 입안에서 느껴질 정도였다. "메두사라니?"

내가 가까스로 물었다.

그다음으로 떠오른 생각. 혹시 페르세우스가 알고 있는 건 아닐까? 어쩌면 이게 다 게임은 아닐까? 어느 때고 그가 바위를 돌아 이쪽으로 올 수도 있을까?

"메두사 얘기 못 들었어?" 페르세우스가 말했다.

"사 년 동안 이 섬에서만 살아서." 숨이 가빴다. "바깥소식은 통 몰라."

"하긴, 그 소식이 여기까지 전해졌을 리가 없지. 메두사는 괴물이야. 피부가 더럽고, 아침식사로 도마뱀을 먹는대."

"아침식사로 뭘 먹는다고?"

"도마뱀."

"말도 안 돼." 내가 말했다.

"사실이야. 머리가 온통 뱀이래. 엄청 징그럽대."

다프네, 칼리스토, 아르테미스, 에코를 비롯한 내 머리 위의 다른 뱀들이 몸을 펴며 분노로 꿈틀거렸다. 나는 두 팔로 그들을 감싸고 동굴 쪽으로 조금 더 물러나 앉았다.

"직접 본 사람이 있대?" 내가 그에게 소리쳤다.

"아무도 못 봤어." 그가 받아서 소리쳤다.

"그럼 그렇게 징그러운지 어떻게 알아?"

"다들 그렇게 말하니까 알지. 방금 말했잖아, 머리가 온통 뱀이라고. 그것만으로도 충분히 징그럽지 않아?"

"하지만 아무도 못 봤다면, 정말 메두사가 있는지 어떻게 알아?"

"그래서 폴리덱테스가 메두사를 찾으라고 보낸 거야. 내가 돌아오지 않길 바라니까." 분노로 그의 목소리가 점점 높아졌다. "그래서 난 기필코 메두사를 찾아서, 목을 베고, 집에 돌아가야 해."

"페르세우스, 앞뒤가 안 맞잖아. 존재하지도 않는 것의 목을 어떻게 베겠다는 거야?"

"제우스 신께 맹세코, 메리나, 나도 몰라! 그래서 이렇게 절망하고 있잖아. 어쩌면 영원히 집에 돌아가지 못할지도 모른다고. 그러니 그런 괴물이 있다는 사실을 믿을 수밖에. 그러다 어느 날 괴물을 만나면, 목을 베야지."

나는 동굴 벽에 몸을 기댔다. 가슴이 미친 듯이 뛰었다. 아직 나의 목에 단단히 붙어 있는 머리가 빙글빙글 돌았다. 나는 두 손으로 땅을 짚고 무릎을 꿇은 상태로 몸을 웅크렸다.

나는 유명했다. 전혀 모르고 있었다. 나의 이름은 오케아노스를 넘어 페르세우스가 살던 세이포스까지 알려져 있었다. 어쩌다가 이렇게 되었을까. 알렉토와 레오데스가 떠들고 다녔을까? 고향 마을을 지나치던 방랑객들이 언덕 위 저 집은 왜 비어 있냐고 물었을까? 저기 누가 살았었냐고? 알 수 없는 일이다.

아니라고, 나는 생각했다. 사람의 말이 그렇게까지 멀리 뻗어나 갈 수는 없었다.

분명히 아테나의 소행이다.

아테나는 아주 나쁜 년이었다.

"너 정말 메두사의 목을 벨 수 있어?" 내가 페르세우스에게 물었 다. "혹시 메두사를 만나면?"

이런 대화를 나누고 있다는 사실이 믿기지 않았다.

"그래야만 어머니를 구할 수 있다면, 할 수 있어."

나는 동굴로 슬며시 들어가 자갈에 모로 누웠다. 그래, 내가 너무 많은 걸 바랐다. 새로운 일에는 상실의 씨앗이 들어 있다는 사실을 늘 알고 있었다. 그러나 상실이 이렇게 곧바로 찾아올 줄은 몰랐다. 희망이 무너져 내릴 때 고통이 이렇게 클 줄은 몰랐다.

"페르세우스." 눈물이 차오르고, 멈출 수 없이 말이 쏟아져 나왔 다. "내 평생 나를 봐주길 원한 남자는 오직 너뿐이었어."

"그게 무슨 소리야? 너 좀 이상하다. 괜찮아, 메리나?"

"조용히 해봐, 페르세우스. 내가 얘기하고 있잖아."

나는 다시 몸을 일으켜 동굴 입구의 아치문 바위 쪽에 가서 걸음 을 멈추었다. 여전히 나의 동굴 쪽에 서 있었다. "때론 말이야." 내가 말했다. "삶은 대답하고 싶지 않은 끝없는 질문의 연속인 것 같아. 한동안은 대답하지 않고 살 수도 있겠지. 한동안은 내면의 소리를 못 듣는 사람인 척 할 수도 있어. 내가 아닌 다른 사람인 척. 내가 하는 생각, 내가 느끼는 감정이 진실이 아닌 척."

"메리나, 대체 무슨 얘길 하는 거야?"

"하지만 그런 식으론 오래 못 버텨. 언니들은 알고 있었어. 그리고 폴리덱테스의 궁전에서 너도 그걸 깨달았겠지. 그리고 이젠 나도 알아."

가면 속 살갗이 굳어간다면, 반쪽짜리 자아로 사느라 당신이 뒤틀리기 시작한다면, 더는 가면을 쓰고 있을 수 없다. 그것은 진실이다. 다시 예전으로 돌아갈 수도 없다. 시간은 그런 식으로 작동하지 않는다.

"난 메리나가 아니야." 그 순간 홀가분한 기분이 나를 관통했다. 바다 한복판에서 절망의 괴성이 울려 퍼졌다. 성난 포세이돈의 소리임을 알았지만 나는 주눅 들지 않았다. 나의 몸이 다시 물과 하나가 된 것 같았다. 마치 아테나가 나를 돌고래로 변형시킨 것처럼. 눈을 감으니 불가사리가 보였다. 몸통을 활짝 펼치며 나를 반겨주던 불가사리. 그러나 잡으려고 손을 뻗은 순간 손바닥에 닿은 것은 허공뿐이었다.

"난 메리나가 아니야." 내가 다시 한번 말했다. "메리나였던 적이 없어."

"메리나가 아니라고?" 페르세우스의 목소리에서 두려움이 배어 나왔다.

"넌 약속을 지켰어, 페르세우스." 내가 말했다. "이제 내가 약속을 지킬 차례야."

"대체 무슨 말을 하는 건지……."

"네가 찾던 그 여자가 바로 나야." 내가 말했다.

"나도 그렇게 생각해. 너와 처음 얘기를 나눈 그 순간부터……."

"아니, 페르세우스. 네가 찾던 게 바로 나라고. 내가 메두사야."

침묵이 흘렀다. "뭐?" 그가 말했다.

"페르세우스, 내가 메두사야. 네가 찾던 그 괴물이 바로 나야."

조금 더 긴 침묵이 흘렀다. 내 인생에서 가장 긴 침묵이었다. 사년 만에 처음으로 내 진짜 이름을 소리 내어 말했다. 태어나서 처음으로 내가 겪은 일을 누군가에게 털어놓았다. 아테나의 신전에서 일어난 일뿐 아니라 전부 다. 지금까지 내가 살아온 삶의 모든 고통과 아름다움을. 세상에서 가장 힘든 일이었지만, 그 순간에도 나의 이야기가 아직 끝나지 않았고, 도리어 이제 막 시작되었음을 느낄수 있었다. 나의 이름이 허공에 떠 있었고, 더는 그 이름이 두렵지 않았다. 스테노가 옳았다. 기분 좋은 일이었다.

동굴 뒤로 펼쳐진 하늘은 밝고 투명한 푸른빛이었다. 저 아래에서 파도가 부서지는 소리가, 끝없는 바다의 노래가 들려왔다. 포세이돈은 자기의 것이라 생각했지만, 그곳은 나의 바다였다. 나의 두 발은 따스한 땅을 단단히 딛고 있었다. 뱀의 존재를 느껴보았다. 뱀들은 가볍고 평온했다. 나는 페르세우스가 말하길 기다렸다. 무슨 말이든 꺼내길 기다렸다. 이제 그가 말할 차례였다.

시간이 흘렀다. 그는 바위 맞은편에서 거친 숨을 쉬며 여전히 말을 잇지 못했다.

"페르세우스." 내가 말했다. "말을 하긴 할 거야?"

"넌…… 난…… 네가 메두사일 리가 없어." 그가 속삭였다. 그렇게 나지막이 말하는데도 목소리가 갈라지고 있었다.

"내가 메두사야." 내가 말했다.

"아니야." 그가 대답했다.

"왜 내 말을 못 믿어?" 내가 말했다. "그게 진실이야. 너도 느낄 수 있을 텐데. 그렇지 않아?"

"응." 페르세우스의 목소리가 가라앉았다. "느낄 수 있어."

"포세이돈과 아테나에 대해 내가 한 얘기를 믿어?"

"믿어." 그는 겁에 질린 듯 거친 소리를 냈다. 서로의 손을 그렇게 꽉 잡았는데, 어떻게 나를 두려워할 수 있을까? "네가 메두사일 리가 없어." 그가 흥분했다. "절대 그럴 수 없어."

"그럴 수 있어. 내가 메두사야."

"어머니를 위해서……" 그가 말했다.

"네 어머니도 나하고 똑같아." 내가 말했다.

"어머니 얘기 꺼내지 마! 어머니는 괴물이 아니야." 그가 소리쳤다. 말을 뱉은 순간 그는 완전히 무너졌다. 그를 향한 나의 믿음이 성긴 그물 사이로 물고기처럼 스르르 빠져나갔다. 나는 아무 말도 하지 않았다. 다시는 나를 변명하지 않으리라. 나는 가슴속에 움튼 작은 두려움의 씨앗을 애써 외면했다. 에코와 에르테미스가 초조함에 꿈틀거렸다. 나는 수평선에 시선을 고정한 채 따스한 땅에 두 발을 딛고 서서 뱀들을 달랬다. 그때 페르세우스가 아치문 바위에서 달아나는 소리가 들렸다. 그의 발자국 소리가 잦아들며 새로운 느낌의 정적이 흘렀다. 나는 혼자였다. 뱀들과 나뿐이었다.

그 순간 어떤 기분이었냐고? 스테노는 페르세우스를 시험해보라고 했다. 그러나 사실 내가 시험한 사람이 나 자신이었다는 사실을 그땐 미처 알지 못했다. 비로소 나에 대한 이해가 싹트기 시작한 순간, 페르세우스가 실패한 것처럼 보였다. 무너져 내린 건 그였다. 그는 나처럼 진실을 감당할 수 없었다. 나는 슬펐고, 화가 났으며, 그러면서도 묘한 안도감을 느꼈다. 적어도 이제는 그가 어떤 사람인지 알게 되었다고 씁쓸하게 생각했다. 그는 메두사의 목을 베겠다는 약속을 지키기 위해 이곳에 온 사람이었다.

나는 더는 어둠 속에 있지 않았다. 페르세우스는 사랑이나 우정을 찾아 이곳에 오지 않았다. 이 섬 저 섬 돌아다니는 어느 청년의 한가한 오디세이가 아니었다. 피로 얼룩진 운명과 자신의 어머니를 지키고 싶은 욕망이 그를 바다에서 떠돌게 했다. 이제 그는 좌절과 혼란에 휩싸인 채 자신의 배로 달려갔다.

그런데도 나는 여전히 희망을 품고 있었다. 설령 그가 자신을 잃었을지라도, 나는 그를 잃고 싶지 않았다. 끝없이 펼쳐진 수평선으로 페르세우스를 떠나보내는 폴리덱테스를 그려보았다. 왕은 젊은 숙적을 다시 볼 일 없으리라 생각했을 것이다. 그 출항은 왕이 스스로에게 내린 커다란 결혼 선물이었다. 어머니에게 작별 인사조차 제대로 하지 못한 채 세리포스 항구에 서 있는 페르세우스, 그리고 말없이 아들을 끌어안는 다나에. 다나에는 무슨 말로도 왕의 계략으로부터 아들을 지킬 수 없음을 알았을 것이다. 페르세우스 허리께에서 거대한 칼이 칼집에 꽂힌 채 반짝이는 모습이 보인다. 페르세우스가 마침내 갑판으로 연결된 판자를 건너고, 드리아나는 눈물을 흘리며 빈손으로 돌아섰을 것이다.

나는 지쳤다. 홀로 남겨졌다는 사실을 깨닫고, 나는 아치문 바위를 돌아 절벽으로 향했다. 페르세우스가 돛을 펼치고 닻을 올리고

MEDUSA
THE GIRL BEHIND THE MYTH

있을 거라 생각했지만, 바다 말고는 아무것도 보이지 않았다. 바닷가로 내려가 나의 찬란한 뱀들을 보여주고 싶은 마음도 있었지만, 한편으로는 그러고 싶지 않았다. 이미 도망친 사람을 쫓아가고 싶지 않았다. 나에겐 뱀들이 있고 품위가 있었다. 나는 처음으로 그 둘이 다르지 않음을 알았다.

해가 저물고 있었다. 곧 스테노와 에우리알레가 돌아올 것이다. 황혼이 짙어갈 때 나는 저 멀리 수평선을 바라보며 절벽 위를 걸었다. 먼 나라 사람들이 나의 머리를 집에 들고 가는 트로피로 여기고 있다니! 감히 말하고 싶다. 그런 얘기라면 이제 거의 친근하게 느껴질 정도라고.

페르세우스가 다음에 어떤 행동을 취할지 알 수 없었고, 그것이야말로 가장 끔찍한 대목이었다. 둘 중 뭐가 더 나쁠까? 그가 배를 타고 영영 나를 떠나는 것? 아니면 칼을 높이 들고 다시 나를 찾아오는 것? 예전의 다른 나였다면 죽음을 환영했으리라. 그러면 더는 감시의 눈빛과 처벌도, 나의 몸을 향한 불편한 감정도 없을 테니까. 죽음은 하나의 탈출구가 되었을 것이다. 페르세우스는 어머니를 되찾고, 나는 평화를 찾았을 것이다. 어쩌면 신들도 마침내 흡족해했으리라.

그러나 나는 죽음을 원하지 않았다. 죽으려고 여기까지 온 게 아니었다. 마음속 깊은 곳에서 내가 원한 것은 페르세우스가 스테노의 말대로 하는 것이었다. 그가 나의 본 모습을 보길 원했다. 신화가 아닌, 괴물이 아닌, 그저 열여덟 살 여자로 나를 봐주길 원했다. 소박한 문어 수프를 만들고, 내 곁을 지키는 개를 사랑하는 사람으로 여겨주길 원했다. 페르세우스가 두려움 없이 나를 사랑하길 원했다. 아테나의 경고를 머릿속에서 떨치고 싶었다. 페르세우스가 나를 사랑한다면, 어쩌면 나도 나를 사랑할 수 있지 않을까. 그것이 바로 아테나가 두려워한 것이리라.

그러나 페르세우스는 그날 밤 나의 동굴로 오지 않았다. 섬을 떠나지도 않았다. 나는 곳을 바라보았다. 저녁에 피운 모닥불이 잦아들고 스테노와 에우리알레와 아르젠터스가 잠든 뒤에도 한참을 더. 횃불을 높이 들고 절벽에 서서 밤을 지새웠다. 절벽 아래쪽에 움직임이 없었다. 나는 감시할 것이 없는 감시자였다.

다음 날 아침, 늦도록 자다가 새로운 기분으로 잠에서 깼다. 이상할 정도로 푹 잤다. 악몽도 꾸지 않았다. 그저 묵직한 망각과 순수한 피로감만이 있었다. 동굴 밖에는 이미 태양이 높이 솟아 있었다. 언니들은 보이지 않았다. 전날 밤 내가 깊은 생각에 잠겼음을 알아차리고 내버려 둔 모양이었다. 스테노는 에우리알레에게 페르세우스 얘기를 하지 않은 게 분명했다. 만약 알았다면 에우리알레는 완전히 폭발했을 것이다. 나의 비밀은 아직은 안전했지만, 이 상태가 오래가진 않을 거라고 직감이 말하고 있었다.

물론 내 직감은 옳았다. 직감에는 반드시 귀를 기울여야 한다.

세수를 하고 있는데 철컹거리는 소리가 들렸다. 페르세우스가 절벽 위로 올라오고 있었다. 투구를 쓰고, 방패와 칼을 들고, 샌들을 신고서. 그가 전쟁 치를 채비를 하고 내게 돌아왔다. 결국 이렇게 끝나는 건가? 사랑은 둘 중 한 명이 존재하지 않을 때 차라리 더 쉬운 건가? 자신의 환상을 깨느니 차라리 나를 죽이는 편이 나았던 걸까?

절벽 위로 넘어오는 페르세우스를 바위에 몸을 숨긴 채 지켜보았다. 맥박이 걷잡을 수 없이 뛰고 뱀들이 뻣뻣해졌다. 그의 걸음걸이는 결의에 차 있었지만 반짝이는 투구를 쓴 머리는 푹 숙이고 있었다. 여기까지 오긴 했지만 이 순간을 피하고 싶은 것처럼 보였다.

나는 얼어붙었다. 그에게 달려가야 할까, 아니면 도망쳐야 할까. 내가 결정을 내리기도 전에 페르세우스가 멈춰 서더니 칼과 방패를 내리고 무릎을 꿇었다. 그가 두 손을 얼굴로 가져갔다. 신에게 경의를 표하는 것인지, 눈물을 닦는 것인지 알 수 없었다. 둘 중 어느 쪽

Mirfak
미르파크

Algol
알골

Gorgonea
고르고네아

인지 나는 영영 모를 것이다. 페르세우스는 늘 하던 것처럼 나와 거리를 두고 아주 멀리 있었다.

그때 도망칠 수도 있었을 것이다. 숨겨진 길로 섬을 가로질러, 다른 만으로 숨어들었다가, 언니들이 나를 발견하고 안전한 곳으로 데려갈 때까지 헤엄을 칠 수도 있었을 것이다. 그러나 다시 칼과 방패를 들고 천천히 내가 있는 곳으로 걸어오는 그를 보는 순간, 더는 도망치고 싶지 않다는 걸 알았다. 거의 평생토록 나에게서 도망치며 살았다. 앞으로 무슨 일이 벌어질지 알 수 없지만, 앞으로 일어날 일이 옳으리라는 확신이 들었다. 신들이 우리 두 사람을 만나게 했고, 묘한 논리이지만 그건 내가 원하는 바이기도 했다. 이제 결단의 시간이 왔다. 나를 제대로 알 시간이었다. 두렵지 않았다.

이제 페르세우스는 달처럼 생긴 방패를 앞에 들고 아치문 바위 쪽으로 곧장 걸어왔다. 주인의 결단이 불안하다는 듯 오레이도가 짖으며 뒤에서 쫓아왔다.

그 순간 나는 오직 아테나의 경고만을 생각했다. 너를 바라볼 정도로 어리석은 자는 화를 입을지어다! 신이 어떤 의미로 한 말인지 몰라도 페르세우스가 다치는 상황은 원치 않았다. 나는 그의 어머니를 생각했다. 누구든 나로 인해 고통받는 건 원치 않았다. 나는 결정을 내렸고, 곧바로 동굴로 뛰어 들어갔다.

"페르세우스." 내가 그에게 소리쳤다. "고향으로 돌아가. 이 섬에서 떠나. 제발."

그는 멈추지 않고 계속 다가왔다.

그리고 정적. 그가 아치문 바로 뒤에 섰다. 칼이 방패를 스치며 가볍게 찰카당거리는 소리가 들렸다.

"친구는 서로에게 거짓말 안 해." 페르세우스의 목소리는 지금까지와 전혀 달랐다. 어딘가 기이하고 감정이 없었다. 영웅의 목소리 같지 않았다. 친구의 목소리 같지도 않았다.

"난 거짓말 안 했어." 내가 말했다. "난 진실을 말했어. 전부 다 진실이야. 이 얘기를 털어놓은 사람은 네가 유일해. 중요한 건, 너도 내 말이 진실임을 알고 있다는 거야."

내 말에 그의 발걸음이 빨라졌다. 페르세우스가 아치문 바위를 돌아 동굴로 다가오고 있다는 사실이 두려웠다.

"페르세우스, 어서 떠나!" 내가 말했다. "이런 상황은 안전하지 않아. 우리 둘 다에게."

뱀들이 초조함에 몸을 꼬았다 풀며 큰 소리로 쉭쉭거렸다. 송곳니를 드러내고 서로를 깨물었다.

"뱀 소리가 들려!" 그는 마치 내가 없다는 듯이 소리쳤다. "세상

191

에, 이럴 수가! 사실이었어!"

"페르세우스, 제발." 내가 말했다. "난 괴물이 아니야. 나의 뱀들은 사악하지 않아. 얘는 칼리스토고, 얘는 다프네……."

"뱀들 이름 따위 알고 싶지 않아!"

"페르세우스." 나의 목소리는 바위처럼 단단했다. "나를 해쳐봐야 어머니를 구할 수 없어."

"어머니 얘기 꺼내지 말라고 했지!" 그의 목소리가 점점 더 가까워졌다. "난 너를 믿었어."

"나도 그래. 그런데 지금 칼을 들고 있는 사람이 누군지 봐!"

"너한테 어머니의 모든 것을, 그리고 나의 모든 것을 털어놓다니……."

"그렇게 해줘서 고마워, 페르세우스. 내게 그런 얘길 해준 사람은 네가 처음이었어. 여기서 무슨 일이 벌어질지 모르겠지만, 결코 좋은 일이 아닐 것 같아 두려워. 넌 여길 떠나야 해. 너에게 부탁했지만 이젠 명령할게. 제발, 그만 돌아가. 더는 가까이 오지 마."

그러나 페르세우스는 내 말을 무시하고 점점 동굴 안쪽으로 들어왔다. 자갈 위로 칼이 질질 끌리는 소리가 났다. 페르세우스는 방패에 걸렸는지 비틀거리며 욕을 내뱉었다. 나는 더 안쪽으로 들어갔고, 그는 계속 나를 쫓아왔다.

"페르세우스!" 내가 소리쳤다. "그 칼 치워!"

"빈손으로 돌아갈 순 없어." 그가 말했다.

"아니, 그럴 수 있어."

"어서 모습을 드러내!"

나는 어둠 속에 숨어 있었다. "나가고 싶지 않아, 페르세우스. 여기긴 내 집이야. 떠나야 할 사람은 너야. 아테나는 네가 아닌 나에게 벌을 주었어."

"나라고 이러고 싶겠어?" 그가 말했다.

"이러고 싶은 거 아니야?" 내가 쏘아붙였다. "네가 다시 배를 탄다고 해도 말릴 사람 아무도 없어."

"어머니가……."

"아테나는 내 머리에 뱀을 올려놓았어. 포세이돈이 나를 힘으로 굴복시킨 것처럼. 폴리덱테스가 네 어머니를 힘으로 굴복시킨 것처럼. 페르세우스, 그만 눈을 뜨고 똑바로 봐. 난 살고 싶은 것뿐이야. 그저 나 자신이고 싶은 것뿐이라고."

"내가 어머니 얘기 하지 말라고 분명히 말했을 텐데."

그 순간 내 안에서 무언가가 부러졌다. "내가 하고 싶으면 할 거야." 내가 말했다. "내가 나를 방어하지 않을 거라 생각한다면, 넌 네 어머니의 시련을 지켜보고도 아무것도 배우지 못한 거야."

뱀들이 더 큰 소리로 쉭쉭거렸다. 내 머리에서 떨어져 나가 페르세우스의 머리를 휘감으려는 듯 있는 대로 몸을 뻗었다.

"괴물의 소리." 페르세우스가 말했다. "괴물의 말. 세상에, 하데스 신이시여." 금방이라도 울 것 같은 목소리였다.

그때 내가 페르세우스의 어머니 이야기를 하지 않았더라면 상황이 다르게 전개되었을지도 모른다. 연민에 호소하려고 다나에의 이야기를 꺼냈지만, 페르세우스는 나의 고통은 잊고 자신의 고통만을 생각했다. 그가 흐릿한 어둠 속으로 한 걸음 더 다가왔다. 그가 힘겹게 칼을 옆으로 들자 죽음의 기운이 감돌았다. "숨어 있지 말고 나와." 그가 말했다. "내가 너한테 가게 만들지 마."

"칼을 쓸 줄도 모르면서." 두려움이 커져갔다. 아르테미스는 내 머리에서 빠져나가려다가 허물을 벗을 지경이었다. "칼을 드는 것조차 버겁잖아. 다 봤어."

"쓸 줄 알아."

"페르세우스, 넌 나의 본모습을 알잖아." 가슴 윗부분에서 숨이 턱 막혔다. "지난 며칠 동안 얘기를 나눴지. 그런 대화를 나눈 건 처음이라고 네가……."

"입 닥쳐, 메리나! 아니, 메두사. 입 닥치라고!"

그의 두려움이 느껴졌다. "페르세우스." 내가 애원했다. "우리 서

194

로 좋아하잖아. 어쩌면 우리 둘이 함께 환하게 빛날 수도⋯⋯."

"너하고 함께 빛나고 싶지 않아. 우리가 잘될 수 없다는 사실을 넌 이미 알고 있었어. 그러면서도 나를 꾀었지. 넌 나를 죽일 수도 있었어!"

"뭐? 내가 어떻게 너를 죽일 수 있다는 거야? 그만 돌아가, 페르세우스. 부탁했고, 명령도 했어. 이젠 애원할게. 제발 돌아가."

그러나 페르세우스는 더 가까이 다가왔다. "내가 떠날 수 없다는 거 알잖아." 그가 단호하게 말했다. "난 너에게 전부 다 얘기했어. 왜 떠나야 했는지, 왜 이곳에 왔는지."

"넌 나한테 그런 짓 못 해." 내가 소리쳤다. "네가 결코 그걸 원치 않는다는 거 알아."

페르세우스가 방패 옆으로 다시 칼을 들었다. 칼날이 허공에서 흔들렸다. "아니, 메두사." 그가 말했다. "너를 두고 그냥 돌아서진 않을 거야."

그가 동굴의 맨 안쪽, 내가 서 있는 곳까지 다가왔다. 그의 칼끝이 내 팔을 베었다. 그 순간 피에 번개가 치는 듯한 파장이 일고, 내 안의 무언가가 깨어났다. 페르세우스는 방패로 자신을 보호하며 나를 죽이러 오고 있었다. 그는 이 일을 해치울 작정이었다.

그때 내가 그의 방패 가장자리를 걷어찼다. 내가 내 힘을 과소평

가했다. 페르세우스가 비틀거리며 물러섰다. 땅에 떨어진 달처럼 그의 방패가 옆으로 나뒹굴었고, 그의 모습이 드러났다. 그리고 사년 만에 처음으로, 나의 모습도 드러났다. 뱀들이 몸을 뻗으며 신성하지 않은 후광을 만들었다. 비늘을 세우고 송곳니를 드러내며 알록달록한 빛깔로 힘을 과시했다.

뒷걸음질 치면서도 페르세우스는 한 손에 칼을 들고는 다른 팔로 얼굴을 가렸다. 그는 여전히 나를 보지 않은 채 다시 중심을 잡고 칼을 휘두르며 다가왔다. 더는 그런 모습을 봐줄 수 없었다. 나는 앞으로 달려 나가 양손으로 칼끝을 움켜잡았다. 페르세우스가 놀라서 숨을 헉 들이켰다. 우리는 칼을 잡고 씨름했다. 내 손가락이 잘릴 수도 있는 상황이었다. 내가 원하는 것은 칼을 옆으로 치우고, 페르세우스를 동굴 밖으로 밀어내고, 그를 배에 태워 어머니에게 돌아가게 하는 것뿐이었다.

"그만해." 나는 눈물을 삼켰다. "그냥 돌아서기만 하면 돼."

"싫어." 그가 말했다. "그럴 수 없어."

"미쳤어? 너 정말 그 정도로 미친 거야?"

나를 보지 않으려 안간힘을 썼기 때문에 페르세우스는 균형을 제대로 잡지 못했다. 그런데도 그는 여전히 힘이 셌고, 결국 칼을 힘껏 뒤로 잡아당겨 내 손아귀에서 빼냈다. 그는 한쪽 팔로 눈을 가린 채 내 목을 겨누며 칼을 양쪽으로 휘둘렀다.

내가 어떤 생각으로 그다음 행동을 했는지 모르겠다. 나는 몸을 숙이면서 앞으로 돌진해서 팔꿈치로 칼을 세게 쳤다. 그 순간 나의 뱀 에코가 그에게 달려들어 어깨를 물었다. 비명과 함께 페르세우스의 번쩍이는 칼이 그의 손에서 날아갔고, 그의 얼굴이 나의 얼굴 앞에 드러났다. 여자와 남자가 마주 보고 섰다. 그가 내 뱀들을 올려다보았다. 그의 표정이 놀라움에 휩싸였다.

"메두사." 그가 중얼거렸다.

그때 너무도 이상한 일이 일어났다. 페르세우스가 나를 본 순간, 그의 아래턱이 조그만 문처럼 툭 떨어졌다. 겁에 질린 눈이 얼어붙고, 입은 무언가에 놀란 듯 동그래졌다. 신들이 혈관에 빨대를 꽂고 피를 전부 빨아먹은 것처럼 피부도 하얗게 질렸다.

"페르세우스!" 내가 소리쳤다. "페르세우스, 어떻게 된 거야?"

대답하기엔 너무 늦었다. 나의 이름이 그가 내뱉은 마지막 말이 되었다. 눈앞에서 그가 사라져갔다. 동공이 우윳빛을 띤 잿빛으로 변했다. 눈동자가 사라지고, 살갗이 돌로 변하고 팔이 딱딱해졌다.

그와 가까이 서 있었기 때문에 피부가 버스럭거리며 돌로 변하는 소리가 전부 들렸다. 멀리서 울려 퍼지는, 아마도 그의 어머니의 비명인 것 같은 소리를, 나는 분명히 들었다고 확신한다. 나는 그를

HIS FACE BARED
TO MINE GIRL TO BOY
HIS EXPRESSION ALL
MENT PERSEUS
at Me, his JAW dropped
EYES frozen
ASTONISHME

끌어안고 흔들었다. 온몸을 만지며 사지에 생명을 불어넣으려 애썼지만 소용없는 일이었다. 그의 두 발은 몸을 지탱하는 받침대가 되었고, 그의 몸은 그의 모습을 그대로 본떠 만든 무덤이었다. 그 순간 나는 아테나의 경고를 떠올렸다. 너를 바라볼 정도로 어리석은 자는 화를 입을지어다.

나는 딱딱해진 페르세우스의 팔꿈치와, 굳은 손가락을 꽉 움켜쥔 주먹을 만져보았다. 두려움에 휩싸인 채 그를 바라보고 있을 때, 오레이도가 그의 곁에서 길게 울었다. 나의 친구, 나의 꿈, 페르세우스. 이제 그는 죽었다. 영영 사라졌다.

메두사
신화에 가려진 여자

어떤 사람들은 태어날 때부터 우리 핏속에 운명의 지도가 새겨져 있었다고 믿는다. 그 지도는 어떻게 만들어질까? 신들에 의해? 아니면 인간의 탄생과 별빛의 신비로운 조합에 의해? 그들은 인간의 삶이 완벽하게 계획되었으며 다만 우리가 알지 못할 뿐이라고 믿는다. 인간은 이미 마련된 길을 걸을 뿐이고 그 길에서 벗어나면 무너지고 죽는다고. 반면 인간이 백지상태로 태어났다고 믿는 사람들도 있다. 그들은 인간이 샘물처럼 깨끗한 상태로 태어나고 자신의 태풍을 일으킨다고 믿는다.

내 생각엔 둘 다인 것 같다. 나에겐 지도가 있고 별도 있었지만, 스스로 태풍도 일으켰다. 내가 이 얘기를 하는 이유는 페르세우스가 섬에 나타난 이후 일어난 일을 당신이 이해해주길 바라기 때문이다. 선택은 내가 했지만 어찌 보면 그 선택은 나를 초월한 것이었고, 나를 기다리고 있었다.

페르세우스와 내가 아치문 바위 양쪽에 영원히 머물 수는 없음을 알고 있었다. 배를 타고 들어온 그의 모습을 본 순간부터 마음 한편으로는 그 사실을 알았던 것 같다. 스테노도 알았다. 페르세우스도 알았다. 심지어 내 정체를 알기 이전에도. 우리 둘 다 결국 때가 오리란 걸 알고 있었다. 그러나 그러한 통찰조차 실제로 그 일이 일어났을 때의 충격은 막을 수 없었다.

나는 그가 나를 보게 하려고 방패를 걷어찼을까? 결과가 어떻게 되든 개의치 않고서? 아니면 그가 휘두르는 칼을 밀치기 위해서였을까? 시인들의 의견은 갈린다. 분명한 사실은, 나는 동굴로 들어오지 말라고 페르세우스에게 여러 차례 부탁했다는 것이다. 나는 제발 떠나라고 애원했다. 그가 내 말을 들었던가? 듣지 않았다.

내 말을 들었다면 어떻게 되었을지 누가 알겠는가. 그가 배를 타고 떠났다면 진짜 괴물을 찾아서 죽였을지도, 그래서 자신의 신화를 만들었을지도 모른다. 마침내 나의 이야기가 나의 것이 된 것처럼. 용감한 페르세우스, 위대한 왕 페르세우스. 어딘가 친근하게 들린다. 어쩌면 어떤 여자를 구하고 그와 결혼했을지도 모른다. 어쩌면, 다른 우주에서라면, 분명 그럴 수 있었을 것이다.

그러나 나의 우주에서는 그렇게 되지 않았다. 나의 우주에서, 나는 그를 절벽에 세워두었다. 당신에게 할 얘기가 또 있다. 나는 그의 방패에 비친 나의 얼굴을 보았다. 내 얼굴은 근사했다.

페르세우스는 자신의 이야기를 완성하기 위해 나에게 칼을 휘둘렀지만, 내가 당신에게 들려준 이야기는 그의 이야기가 아니다. 이야기를 누가 전하는지 항상 주의를 기울여야 한다. 너무 오랫동안 나는 한낱 소음에 불과한 이야기를 듣고만 있었다. 그러나 결국엔 때가 오리란 사실을 알았다. 언젠가는 내가 나의 이야기를 할 수 있으리란 사실을 알았다.

어떤 날은 페르세우스의 보드라운 살이 딱딱해지며 영원히 돌로 변하는 광경을 내가 지켜보았다는 게, 그가 비바람에 씻기고 햇볕에 바래고 비둘기가 더럽히도록 영원히 방치했다는 게 믿기지 않는다. 다른 사람에게 일어난 일만 같다. 그날 이후 나는 아주 멀리 왔다. 페르세우스는 미처 몰랐겠지만, 그는 나에게 가르침을 주었다.

그가 돌로 변한 뒤 동굴 밖으로 끌고 나와 밝은 햇살 속에서 찬찬히 살펴보았다. 풀밭에 모로 눕혀 놓았더니 전혀 위협적이지 않았다. 오레이도는 여전히 페르세우스의 발을 핥으며 길게 울었다. 스테노와 에우리알레가 그의 곁에 내려앉았다. 둘은 눈앞의 광경을 믿을 수 없다는 눈치였다. 나는 무슨 일이 있었는지 설명했다. 에우리알레는 그의 변형에 완전히 매혹되었고, 그런 위험한 비밀을 숨기고 있었냐며 내게 화를 냈다.

"그러니까…… 그 사람이 너를 보기만 했는데 돌로 변했다는 거야?" 에우리알레가 물었다.

"정확히 그래."

에우리알레가 환하게 웃었다. "너 엄청난 힘을 지닌 여자였구나, 메두사. 존경스럽다." 그는 페르세우스의 동상을 내려다보았다. "동상을 부숴야겠어." 양손을 허리에 짚고 날개를 반쯤 펼친 상태로 에우리알레가 생기 잃은 형상을 맴돌았다. "증거를 없애야지."

"안 돼." 내가 말했다. "그의 몸을 기려야 해."

에우리알레가 코웃음을 쳤지만 내 생각은 확고했다. "우린 여기서 일어난 일을 기억해야 해, 에우리알레. 내가 누구인지 기억해야 해. 난 이제 아테나가 두렵지 않아. 내가 누구인지 아테나가 보여준 거야. 그리고 난 아직 여기 있어."

오레이도가 풀밭에 누인 동상에 코를 대고 킁킁거렸다. 주인의 정지 상태를 풀어줄 열쇠가 수풀에 숨겨져 있다는 듯 열심이었다.

MEDUSA
THE GIRL BEHIND THE MYTH

204

오레이도는 앞발을 페르세우스의 무릎에 올리고 그를 다시 살려보려 온 힘을 다해 짖었다. "미안, 오레이도." 개가 나를 올려다보았다. 어둡고 촉촉한 눈동자는 주인이 어디로 갔는지 이해하지 못했고 나도 그에게 말해줄 수 없었다.

"사과하지 마." 에우리알레가 말했다. "넌 자신을 방어했을 뿐이야. 하지만 그 얘기를 누가 믿겠어? 넌 그런 외모를 갖고 있고, 페르세우스는 제우스의 아들인데?"

"메두사, 페르세우스는 자기 의지로 이곳에 왔어." 스테노가 말했다. "넌 그와 이야기를 나누고, 시간을 보내고, 이야기를 들어주었지. 그런데 네 이름을 말해주니 그는 너를 괴물이라 불렀어."

"하지만 페르세우스는 나를 믿었어, 스테노."

"그랬지. 하지만 네가 다가오지 말라고 했을 때 네 말을 듣지 않았어. 아테나가 이런 능력을 주었는지 넌 모르고 있었어. 내 생각엔 신들도, 아무리 모자란 신이라도 다 이해할 거야."

"그래." 에우리알레가 무겁게 한숨을 쉬었다. "시간이 말해주겠지."

이런 능력.

너 엄청난 힘을 지닌 여자였구나, 메두사.

스테노와 에우리알레의 말이 머릿속에 맴돌았다. 평생 다른 이의 힘을 두려워하느라 나의 힘을 생각하지 못했다. 페르세우스의 얼굴

205

을 내려다보았다. 갑오징어처럼 날렵한 광대뼈, 매끄러운 턱, 이마 사이에서 얼어붙은 주름, 동그랗게 벌린 입. 입술에 키스하면 살아날 수도 있지 않을까? 나는 무릎을 꿇고 앉아 입술을 포갰다. 차가운 돌에 닿는 따뜻한 입술. 아무 일도 일어나지 않았다. 이건 동화가 아니었다. 그가 다시 살아나길 내가 정말 원하는지 생각해보았다. 오레이도는 물에 빠져 죽을 뻔한 새끼를 돌보는 어미 고양이처럼 애틋하게 페르세우스의 딱딱한 정강이와 종아리를 핥았다.

"메두사." 스테노가 말했다. "이제 작별 인사를 해야지."

나는 절벽 위를 거닐며 안개 속 사랑을 뜻하는 니겔라 꽃, 나를 잊지 말라는 뜻의 물망초, 바다풀과 들장미를 한 움큼씩 뽑았다. 스테노와 에우리알레는 페르세우스를 일으켜 바다를 보도록 세웠다. 나는 꽃가지를 엮어 화환을 만든 다음 그의 머리에 왕관처럼 얹었다. 바람이 잦아들고 갈매기 울음소리도 가냘파졌다. 머리 위 태양이 신의 눈처럼 우리 안의 틈새까지 파고들며 구석구석 밝혔다.

페르세우스는 자신이 투사인 척, 살인을 저지를 수 있는 사람인 척했다. 그러나 정작 일을 저지른 쪽은 나였다. 나는 여자이며 고르곤이었다. 둘 중 어느 쪽이 진정한 나일까? 둘 중 하나를 선택해야 할까? 아니면 그 둘은 이미 영원히 섞인 걸까? 누군가를 죽인다는 건 결코 좋은 일이 아니다. 만약 당신이 그런 짓을 저질렀다면, 평생토록 그 사실을 마음에 품고 살아야 한다. 그것은 일종의 종신형이다. 세월이 지난 뒤에도 에우리알레는 여전히 내가 페르세우스에게 한 일이 정당했다고 말했다. 그 말을 들을 때마다 가슴속에서 검은 날개가 파닥였다. 우리의 명분이 정당하다는 확신은 어디서 오는 걸까? 우리는 결코 확신할 수 없다. 다만 살아남으려 애쓸 뿐.

그러나 세월이 흐를수록, 나는 페르세우스보다는 손바닥에 닿던 칼의 느낌을 더 기억하게 되었다. 그가 나를 베려고 칼을 높이 든 순간, 이미 우리 중 한 사람은 살아서 동굴을 나갈 수 없었다. 그가 나를 공격한 순간 비로소 깨달았다. 내가 나라는 이유로, 혹은 그가 생각하는 나라는 이유로, 그 자신의 결말을 위해 나를 파괴하게 내버려 두지 않으리라는 것. 그건 정말로 용납할 수 없는 일이었다.

"페르세우스, 다나에의 아들." 내가 동상에 대고 말했다. 어머니 얘기를 하면 그가 좋아할 것 같았다. "엘리시움 그리스신화에 나오는 사후 세계로, 하데스가 다스리는 지하와 대비되는 이상향적 낙원에서 편히 쉬기를."

"그만 가자." 에우리알레가 말했다. "부수고 싶지 않다면 좋을 대로 해. 하지만 여기 두는 건 좋은 생각이 아니야. 너를 죄인처럼 보이게 만드는 물건을 남기는 셈이잖아. 다시 동굴에 넣어 두자."

"아니." 내가 말했다. "절벽에 세워 둘 거야."

"메두사……." 에우리알레가 나를 말리려 했지만 스테노가 눈빛으로 제지했다.

"우리가 여기 다시 오게 될까?" 내가 물었다. "여기서 일어난 일을 기억하기 위해서?"

"어쩌면." 스테노가 말했지만 본인도 믿지 않는 눈치였다.

"우린 늘 도망치며 살아야 할까?" 내가 말했다.

스테노가 나를 힘껏 끌어안았다. "아니. 이제부터 우린 도망치지 않아."

MEDUSA
THE GIRL BEHIND THE MYTH

말은 그렇게 했지만, 페르세우스의 배로 이 섬을 떠나자고 한 것도 스테노였다. 우리는 섬의 나쁜 기억을 원치 않았다. 우리가 얼마나 멀리 가게 될지 모르는 데다, 둘이 영원히 나를 안고 다닐 수는 없으니 배를 타는 게 합리적이라고 스테노가 말했다. 배를 만에 두고 가봐야 따개비가 붙어서 선체가 썩기밖에 더 하겠냐고. 이 조그만 슬픔의 암초를 우리가 구원해서 행복하게 해주자고.

우리는 아르젠터스와 함께 오레이도도 태웠다. 오레이도는 처음에는 동상 발치에서 떨어지지 않으려고 낑낑거렸다. 그러나 먹이를 줄 사람도 없는데, 갈매기나 잡으며 친구도 없이 혼자 어떻게 살 수 있을까? 페르세우스에게서 오레이도를 훔치는 기분이 들었지만,

어느덧 나는 어린 시절에 믿던 선명한 흑과 백의 세상이 아닌, 회색지대의 삶에, 불편하게 타협한 것 같은 느낌에 익숙해지고 있었다.

우리는 칼과 방패와 투구를 바다에 던진 다음 가라앉는 광경을 지켜보았다. 무기는 바닷속에서 녹슬고, 우리가 결코 보지 못할 바다 생물의 안식처가 될 것이다.

사 년이 넘도록 배를 타지 않았지만, 갑판에 올라선 순간 포세이돈 이전의 기억이 되살아났다. 나는 항해하는 법을 기억하고 있었다. 바람의 소리를 듣는 법을, 바람을 얼굴로 느끼는 법을, 언니들이 하늘에서 망을 보는 동안 이쪽 혹은 저쪽으로 뱃머리를 돌리는 법을 기억하고 있었다. 나는 오케아노스 출신이었다. 뱃사람이고 시인이었다. 육지도 경계도 없는 바다에 있으니 비로소 고향에 온 기분이었다.

빨리 바다에 그물을 던지고 싶었다.

그날 이후 처음 맞는 화창한 아침이었다. 닻을 올리면서 나는 용기가 솟아나는 것을 느꼈고, 나의 힘에 전율했으며, 아스라이 펼쳐지는 희망을 보았다. 배를 타는 건 익숙했지만 이런 감정은 낯설었다. 우리는 바다로 나아갔고, 이제 나는 배를 탄 여행자였다. 페르세우스는 저 절벽 끝에서 앞을 못 보는 상태로 발이 묶여 있었다. 삶은 때로 우리에게 참 이상한 거울을 선물하곤 한다.

아주 오랫동안 포세이돈이 두려워 바다에 나오지 못했다. 이제 더는 그가 두렵지 않다. 오래전 그날 밤 그가 저지른 짓은 나의 집을 이루는 작은 벽돌 한 장일 뿐이었다. 포세이돈이 사악한 의도를 품긴 했지만 나의 집은 거대했다. 손수 짓고, 들어가 살며 아름답게 꾸민 집이었다. 포세이돈에게 받은 게 없진 않았다. 그는 무슨 일이 있어도 내가 여전히 메두사라는 사실을 가르쳐주었다.

포세이돈과 아테나가 저지른 일은 오랜 세월 동안 통제할 수 없는 일처럼 느껴졌다. 그러나 페르세우스가 나를 베려고 칼을 들고 동굴로 들어온 그날, 무언가 바뀌었다. 나는 내가 자랑스러웠다. 페르세우스가 그랬듯이, 내게도 살 권리가 있었다. 모두가 나를 시험하고 내가 무너지는지 알고 싶어했다. 내 행복과 감정을 제멋대로 쥐고 흔드는 존재라면 사람이든 신이든 이제 지긋지긋했다.

나는 페르세우스를 믿었다. 그가 진정한 나의 희망이라고 생각했다. 그러나 나의 유일한 희망은 나 자신이었다.

뱀들은 배의 요동을 좋아했다. 사방으로 몸을 뻗으며 돌고래와

알락돌고래, 호기심 많은 인어들을 구경했다. 조개껍데기로 머리카락을 장식한 그들은 물 위로 고개를 내밀고 놀란 얼굴로 나를 보았다. 인어가 놀라서 돌아보는 사람이 되는 건 정말 특별한 일이었다. 나는 그들에게 손을 흔들었고, 기쁘게도 그들 역시 마주 손을 흔들었다.

나는 위엄 있고 당당했다. 어린 시절처럼, 나의 주인은 나였다. 무슨 말과 행동을 하건 그것은 나의 영혼과 완벽한 조화를 이루었다. 자기 꼬리를 먹는 뱀처럼 나는 저녁이 되면 태양과 함께 죽었다가 아침에 다시 태어났다. 우리가 어디로 향했느냐고? 안개와 우울의 땅도 아니고 피와 연기의 땅도 아니었다. 그런 곳이라면 이미 볼 만큼 봤고, 손에 닿을 듯 닿지 않는 무언가를 찾아 세상을 헤매는 영혼이 되고 싶지도 않았다. 우리는 바다에 머물며 계속 항해했다.

한때는 우리가 괴물이라고 생각했다. 날개를 활짝 펴고 하늘을 나는 스테노와 에우리알레, 뱀들을 리본처럼 휘날리며 갑판에 서 있는 나, 햇살에 금빛과 은빛으로 털을 반짝이며 뱃머리 양쪽에 앉아 있는 개들. 이제 나는 안다. 우리가 찬란하다는 것을.

섬을 떠난 뒤 처음 몇 년은 페르세우스 생각이 났고 나쁜 꿈을 꾸기도 했다. 자신들이 사랑하던 남자가 어디 갔는지 궁금해하는 다나에와 드리아나 생각이 머릿속에 가득한 상태로 잠에서 깨어나기도 했다. 다나에는 폴리덱테스와 어쩔 수 없이 결혼했을까? 아니면 가까스로 자신의 운명에서 탈출했을까? 부디 그랬기를. 다나에에게 편지를 쓸까도 생각했다. 세리포스에 직접 가볼 수도 있었다. 어쩌면 그들은 나를 이해할 수 있지 않을까. 그러나 위험을 감수할 수는 없었다. 슬픔에 잠긴 어머니는 나에게서 괴물을 볼 것이다. 남자를 믿고 마음을 준 여자가 아닌, 괴물. 그러나 그 남자는 마음을 받을 줄을 몰랐다.

페르세우스의 종말로 사랑에 대한 내 희망마저 소멸하는 건 원치 않았다. 섬에서 그 일을 겪은 후 나는 사랑이 서로를 잘 모를 때에만 가능한 것일까 봐 두려웠다. 사랑은 방패 뒤에, 혹은 바위 뒤에 숨어 있을 때만 가능할까? 혹은 둘 중 한 사람이 죽어서 대답할 수 없을 때만 가능할까? 우리는 각자 상상 속에 서로의 모습을 만들었다. 하지만 그가 휘두르는 칼을 내가 감당하지 못했듯이, 페르세우스는 뱀이 달린 머리를 감당하지 못했다. 우리가 결코 함께할 수 없었음을 나는 비로소 알았다. 있는 그대로의 내 모습을 그가 받아들일 수 없었으니까.

페르세우스에게 진실을 말해야 한다는 스테노의 생각은 옳았다.

페르세우스 덕분에 나는 낭만적 사랑이 나를 구원할 거라는 생각으로 평생을 살지 않을 수 있었다. 그는 나를 사랑했을까? 나를 사랑하면서 내 목을 베고 싶을 수 있을까? 내가 아직 너무 순진한 건지 모르겠지만, 그렇다면 참 기이한 사랑이다. 페르세우스는 외로웠다. 내가 그에게 끌렸듯이 그도 나에게 끌렸다. 그러나 심판의 그날, 사랑보다 요란한 무언가가 그에게 말을 걸었다.

만약 누군가와 사랑에 빠져 그에게 내가 가진 힘의 진실을 말했는데, 그가 떠난다면 고통은 나의 몫이 될 것이다. 그가 나를 보기를 진심으로 원하지만, 그 순간 목숨으로 대가를 치르리라는 사실을 어떻게 설명할 수 있을까? 내 키스가 곧 그를 죽이리라는 사실을. 그가 내 경고를 들으리라 장담할 수도 없다. 페르세우스는 내 경고를 듣지 않았다. 그는 자기가 다 안다고 생각했다. 어쩌면 적절한 거리를 유지할 줄 아는 남자가 어딘가에 있을지도. 오직 신만이 알 것이다.

그래서 우리는 훔친 배를 타고 세상을 떠돈다. 이따금 어느 바닷가에 닻을 내리기도 하지만 나는 결코 뭍에 오르지 않는다. 누가 나를 볼까 두려워서가 아니다. 쓸데없이 사람을 돌로 변하게 하고 싶지 않아서다. 나는 세상 밖에 산다. 우리의 도시와 평원과 해변을 가장자리에 두른 푸른 바다에. 이것은 일종의 종신형이다. 절대 사람 가까이 다가가서는 안 된다. 나에게 눈길이라도 한 번 주는 날에 그의 삶은 끝장이다. 돌 인형처럼 남자를 모아 보란 듯이 갑판에 전시할 수도 있을 것이다. 아마 에우리알레는 좋아하겠지.

나는 외롭지 않다. 자의식은 외로움을 보란 듯이 쫓아낸다. 그리고 불멸의 존재인 스테노와 에우리알레가 내 곁에 있다. 바다는 나의 벗이고, 개들도 그렇다. 물론 나의 이야기를 듣고 있는 당신도 마찬가지다. 세상을 여행하면서 많은 사람이 나의 이야기를 듣고 있다는 사실을 알았다. 그들의 존재를 느낄 수 있다. 그들에게 질문이 있다는 걸 안다. 대지에서, 그리고 하늘과 별들 속에서 강한 진동이 전해져 온다. 그들에게 나의 대답을 주고 싶다.

이상한 일이 하나 있다. 시간이 큰 의미가 없는 스테노와 에우리알레와 많은 시간을 보내서인지 모르겠지만, 나는 내가 영원히 살 것 같다. 적어도 나의 신화는 영원히 살 것 같다. 나는 수백만 개의 조각으로 부서져 수백만 개의 영혼에 스며들 것이다. 나는 여성들을 명예와 자유와 기적으로 이끌 것이다. 나는 앞으로 수백 년을 살며 대륙과 바다, 제국과 문화를 넘나들 것이다. 동상과 달리, 신화는 부술 수도 없고 절벽에 세워둘 수도 없기 때문이다. 신화는 스스로 기억되는 길을 찾는다. 신화는 얕은 무덤에서 새로운 모습으로 찬란하게 솟아오른다.

나의 팔과 다리, 나의 몸과 가슴을 빼앗아도 좋다. 나의 목을 베어도 나의 신화는 끝나지 않는다. 돌로 변한 두 발의 수수께끼 속에서도, 나의 뱀들 속에서도 당신은 나의 대답을 찾을 수 없을 것이다. 내가 한 일들 속에서도, 죽은 지 오래인 자들이 쓴 시 속에서도 나를 찾을 수 없을 것이다. 그러나 당신에게 내가 필요할 때, 바람이 여자의 비명을 듣고 나의 돛을 부풀려 앞으로 나아가게 할 때, 당신은 나를 볼 수 있을 것이다. 나는 바다에서 속삭일 것이다. 높이 든 방패를 결코 두려워 말라고. 사무실 창문에 비친, 화장실 거울에 비친 당신의 모습을 결코 두려워 말라고.

나를 보라고 당신에게 말할 것이다. 그리고 당신은 볼 것이다.

메두사,

여자이자 고르곤을.

당신을.

나를.

I will tell you
to look into me,
and you will see.
Look, Medusa,
Girl and Gorgon.
You. Me.

나를 보라고 당신에게 말할 것이다. 그리고 당신은 볼 것이다.
메두사, 여자이자 고르곤을. 당신을. 나를.

지은이

제시 버튼
Jessie Burton

영국의 작가 겸 배우. 1982년 런던에서 태어나 왕립중앙연극원과 옥스퍼드 대학교에서 공부했다. 낮에는 개인비서로 일하고 저녁에는 배우로 무대에 서는 생활을 이어가던 중 2014년에 첫 소설 《미니어처리스트》를 발표하며 문단에 데뷔한다. 전세계 38개국에 수출된 이 작품은 영국에서만 100만 부 이상이 판매되었고, 워터스톤 '올해의 책', 내셔널북어워드 '올해의 책', 〈옵저버〉 '최고의 소설'에 선정되는 등 문학계의 영예로운 타이틀을 휩쓸었다. 2016년 발표한 두 번째 장편소설《뮤즈》는 '뮤즈'라는 이름 뒤에 가려진 여성 예술가의 사랑과 욕망을 담아내며 제시 버튼만의 세계를 견고히 구축했다는 찬사를 받았다. 세 번째 장편소설《컨페션》은 누군가의 자식, 연인, 엄마가 아닌 '나'로 존재하기 위해 고군분투하는 여성

들의 삶을 그려낸 소설로, 출간 즉시 〈선데이타임스〉 베스트셀러에 올랐다. 이외에도 그림 형제의 동화 〈춤추는 열두 공주〉를 원전으로 하는 《들썩이는 소녀들 The Restless Girls》, 《미니어처리스트》의 속편인 《행운의 집 The House of Fortune》 등 지워지거나 오해받아온 여성의 삶을 새로운 시각으로 담아낸 작품을 선보였다.

2021년 출간된 《메두사》 또한 제시 버튼 특유의 문제의식이 듬뿍 담긴 작품. 그리스신화를 현대적 시각으로 다시 쓴 이 소설은 남성 영웅 페르세우스의 과업 성취를 위한 수단이자, 허영과 교만의 상징으로 여겨지던 '괴물' 메두사를 주체의 자리로 불러내 그에게 새로운 목소리를 부여한다. "여성주의적 시각으로 그리스신화를 재해석한 강렬하고 서정적인 작품"이라는 찬사를 받으며 2023년 카네기상 소설 부문 최종 후보에 올랐다.

제시 버튼은 현재 런던에 살면서 논픽션 등 다양한 영역으로 글쓰기를 확장하고 있다.

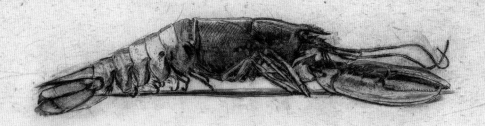

그린이

올리비아 로메네크 길
Olivia Lomenech Gill

영국의 일러스트레이터. 1974년 케임브리지에서 태어났다. 헐 대학교에서 연극을 공부하고 런던 예술대학교에서 판화로 석사학위를 받았다. 1994년부터 순수 미술 분야에서 활동하다가, 2014년 마이클 모푸르고·클레어 모푸르고의《장화가 나를 어디로 데려갈까Where My Wellies Take Me》의 일러스트를 그리며 도서 일러스트레이터로 첫발을 디뎠다. 영국도서관협회 케이트 그린어웨이 메달 최종 후보에 오르고 영국그림책협회상을 수상하는 등 뜨거운 호응을 얻었으며, 이후 조앤 롤링의《신비한 동물 사전Fantastic Beasts: Life and Habitat》, 케이틀린 제이미의《가장 아름다운 동행The Bonniest Companie》등의 일러스트레이터로 활약했다. 2023년《메두사》로 카네기상 일러스트 부문 후보에 올랐다.

옮긴이

이진

이화여자대학교에서 문헌정보학을 전공하고 광고대행사에서 근무하다가 전문 번역가로 활동하고 있다.

《미니어처리스트》《매혹당한 사람들》《비행공포》《열세 번째 이야기》《사립학교 아이들》《페레그린과 이상한 아이들의 집》 등 100여 권의 책을 번역했다.

메두사 신화에 가려진 여자

1판 1쇄 인쇄 2024년 7월 11일 **1판 1쇄 발행** 2024년 7월 30일

지은이 제시 버튼
그린이 올리비아 로메네크 길
옮긴이 이진

발행인 박강휘
편집 백경현 박정선 **디자인** 지은혜
마케팅 이헌영 박유진 **홍보** 박상연

발행처 김영사
주소 경기도 파주시 문발로 197(문발동) 우편번호 10881
등록 1979년 5월 17일(제406-2003-036호)
구입 문의 전화 031)955-3100 **팩스** 031)955-3111
편집부 전화 02)3668-3289 **팩스** 02)745-4827 **전자우편** literature@gimmyoung.com
비채 블로그 blog.naver.com/viche_books
인스타그램 @drviche @viche_editors **트위터** @vichebook
ISBN 978-89-349-4183-5 03840 책값은 뒤표지에 있습니다.

비채는 김영사의 문학 브랜드입니다.